o que tem um ponto de começo na

Walt Whitman: ... a é

indica terra sobriedade (povo

colônias). → "jogar com a

é o máximo

Ler o ensaio de W.W. ⇒ p. 72

terra dimensão em torno da

vincula diretamente à dimen

o é o que, basicamente, mais i

ção à poesia beat ←→ ele

secção sobre | Ferlinghetti |

lem

manoel ricardo de lima

pensador
selvagem

inSKi

[invenções
de caderno,
apostos]

mórula
EDITORIAL

REVISÃO
Júlia Studart

DADOS INTERNACIONAIS DE CATALOGAÇÃO NA PUBLICAÇÃO (CIP) DE ACORDO COM ISBD
Elaborado por Vagner Rodolfo da Silva — CRB 8/9410

L732l

Lima, Manoel Ricardo de
Leminski, pensador selvagem: invenções de caderno, apostos / Manoel Ricardo de Lima. — Rio de Janeiro: Mórula Editorial, 2025.
116 p. ; 14cm x 19,5cm.

ISBN: 978-65-6128-133-1

1. Literatura brasileira. 2. Poesia. 3. Leminski. I. Título.

2025-2912 CDD: 869.1
CDU: 821.134.3(81)-1

Índice para catálogo sistemático:
1. Literatura brasileira: Poesia 869.1
2. Literatura brasileira: Poesia 821.134.3(81)-1

Rua Teotônio Regadas 26 sala 103
20021_360 _ Lapa _ Rio de Janeiro _ RJ
www.morula.com.br _ contato@morula.com.br
morulaeditorial morula_editorial

para o mestre **Horácio Dídimo**, que sempre
disse: "o Leminski pode ser lido como a gente
quiser — desde que muito, muito livres —:
ele e, principalmente, a gente."

para Carlos Augusto Lima, o **Charles**,
que sempre diz, até hoje, poemas do Leminski
em voz alta, de cor, rindo, feito caatinga ao
modo *black music*, reagir a dentes.

...O, O FLUXO DE SEU ...

...A CIRCULAÇÃO DA SELVAGERIA : BÍBLIA

↕

LIVRE

> "MEU REINO NÃO É DESTE MUNDO"

...PRECEDIDAS ● OU SEGUIDAS DE COMENTÁ...

... A IDEIA.

DE AUTORES COM OS QUAIS COM-PARTI...

...LHAMENTO: NEM ACORDO / NEM DESAC...

↓

[O SENTIDO] → 9.11

...ES DE EVENTOS / ACONTECIMENTOS QUE...

...CAM / REABREM O SENTIDO DA HIST...

REACIONÁRI...

"fazer poemas não é a coisa mais
importante, mas para quem faz é,
e tem que ser assim."

"não quero fazer carreira literária, acho
que estamos depois da literatura."

PAULO LEMINSKI

"a poesia é um ato de insubordinação a
todos os níveis [...]. escrever é desconcertar,
perturbar e, em certa medida, agredir."

RUY BELO

"onde foi parar a cuca dos caras
que aguentaram a barra
de lutar, por nossas ruas morrer?
ou mais, simplesmente ser:
a poeira da estrela
será agora e saber."

MÁRCIO BORGES

↓

TOMADA DE POSIÇÃO → **AS IMAGENS** → O …

↓

COMUNISMO ORTODOXO, ALIENAÇÃO BURGU…

VANGUARDA ARTÍSTICA, MILITÂNCIA DE …

↓

POESIA — IDEIA / S/ FORMA — PROPOSIÇÃO DE M…

↓

W.B., POR EXEMPLO, PASSA AO LARGO …

DA POESIA DE BRECHT, O QUE LHE INTE…

O GESTO: "O QUE ESTÁ ACONTECENDO, …

"

↓

LER TRECHO DE W.B. (P. 80)

prefácio

"Divago, mas não disperso". A frase de Paulo Leminski é a definição certeira para um livro que nos convoca para o compromisso selvagem com a poesia enquanto vida. Através do poeta, ensaísta, tradutor e prosador de Curitiba, Manoel Ricardo Lima faz uma reflexão aguda e inegociável de uma obra que se espirala em múltiplas leituras para o mundo. Atravessando fronteiras sem passaportes, expondo o nervo das palavras e das ideias, convocando vozes em delírio revolucionário, Manoel pratica aqui o "dizer com". Suas palavras amplificam os impasses e saídas do poeta, fazendo da escrita um espaço de aventura e risco, de indignação e delírio, de ética e insubmissão. Do sertão ao Japão, de Jesus a Glauber Rocha, de Walter Benjamin a Drummond, Manoel nos provoca para que mergulhemos sem filtros nesta circulação irradiadora da selvageria, nesta afirmação da liberdade em dizer sim ao não. Contra a norma, o fogo. Bárbaro e vosso.

FRED COELHO

E COM EXPRESSÃO EXPERIMENTAL :

CONSEQUÊNCIAS EXTREMAS. ("FORMA É

↓

A LUTA DE CLASSES → [INOVAR
COMUNICA

↓

"ESPERO QUE TODOS SE DIVIRTAM. NÃO
MAIS A FAZER NESTE MUNDO." (

QUE ESTIVESSE TÃO INTERESSADO NA SE

NUMA TRANSFIGURAÇÃO DOS CÓDIGOS: N

↓

DESENVOLVIMENTO TECNOLÓGICO
X
REGRESSÃO SOCIAL

↓

antes

Durante os primeiros meses da pandemia de covid-19, em 2020, algumas amigas e alguns amigos pediram que organizasse um *grupo de estudo* sobre algo que pudesse, minimamente, deixar os dias um pouco menos endurecidos, a todos nós, com a ausência completa de qualquer ideia de como seria cada instante seguinte. Muita gente morrendo devagar, sufocando, um irresponsável na presidência do país e, por todos os lados, a vida como um delírio sem alegria. O plano: voltar aos textos de Paulo Leminski de outro modo, depois de tantos anos do livro que escrevi, 1 dos primeiros livros publicados sobre ele no Brasil: **Entre percurso e vanguarda — a poesia de Paulo Leminski** [Annablume, 2002]. Em 2013, escrevi "La poesia-pensamiento de Paulo Leminski", uma apresentação para a edição de seus poemas publicada na Espanha, **Yo iba a ser Homero** [Kriller71 ediciones], na tradução de Aníbal Cristobo, também o editor. Nesta apresentação, esboço a ideia de que era um pensador selvagem, um poeta público — mais perto de um contágio entre erudição e vagabundagem — e profundamente contaminado pelas leituras que fez de Karl Marx, Leon Trótski e, de uma maneira ou de outra, como uma escrita aos garranchos, de Walter Benjamin. O contraplano: como lê-lo por dentro do quebra-cabeças montado por ele mesmo — um marxista heterodoxo, o trotskista que dizia ser — numa linhagem política aberta nos anos 1980, a partir de seus **Ensaios e anseios crípticos** e dos 4 *biografemas* que escreveu — Bashô, Cruz e Sousa, Jesus e Trótski? Numa lição de vida — como tomar posição, entre o romance, o poema, o ensaio, mas principalmente com o corpo — que vai de encontro à *plasticidade destrutiva* [como sugere Catherine Malabou] dos tempos de agora: explosiva, patológica, sem compensação, sem cicatrizes, sem memória? Do *grupo de estudos* ficaram — além da força política daqueles encontros encantados, de forma remota, como o impossível da hora — dois cadernos, como estudo e preparação, que saltam agora para este livro. Foram anotações inventadas, sem a presença física dos livros de Leminski [já que estávamos fora de casa, com amigos, para dar vento, terra, surpresa, telescópio e algum milagre às crianças], e com uns poucos volumes de Benjamin, sempre por perto. É assim que este livro se engendra: a partir daqueles apertos de mão e, principalmente, das invenções de caderno que giram em torno do pensamento de Leminski como "selvageria pura"; do quanto ele é um leitor assertivo que extrapola a literatura — este além código — para tocar, muitas vezes, os impasses da formação cultural brasileira, entre a política e os desafios sociais diante das violências estruturais produzidas pelo capitalismo: tudo está à venda, tudo é consumo. Um bom exemplo disso está na quase falência definitiva de qualquer projeto para uma *comunidade de vida*. O livro também persegue os borrões dos cadernos a partir dos usos do *aposto* — termo acessório que aparece como suplemento às anotações e, mais ainda, porque muitas delas foram feitas durante ou depois de cada um dos encontros. As referências não têm páginas, anos das edições e, muitas vezes, nem o nome do/da tradutor/a, porque também figuram as folhas dos cadernos. Por fim, este livro é uma mínima mostra do quanto e de como uma vida secreta com assinatura efêmera pode ser também, sempre, uma luta imparável e infinita do pensamento.

UMA MENOR RESISTÊNCIA BURGUESA, O

BURGUÊS COMO UM ALIADO.)

M DOS POETAS QUE MAIS ME INTERESSAM

POUCO, 9.18 E 19: → CONSUMIDOR

E

PRODUTOR

↓

TEORIA DE W.B.

1935: "O AUTOR

PRODUTOR" —

A —

E QUE É DIFÍCIL MOVER A IGNORÂNCIA

A PÚBLICA NO PAÍS — E IMEDIATAM

A ORIGEM: EGITO, ÍNDIA, MÉXICO —

LUGA DE OCTAVIO PAZ CAMINHO DE LEMINSKI

E PROVOCAVA EM LEMINSKI UMA EST

E 9" ... "

1

Paulo Leminski, em 1987 — dois anos antes de sua morte — afirma que é um "pensador selvagem". Um pensamento, diz ele, que "abastece uma experiência criativa, tem que ser selvagem". Escritor singular, nascido filho de preta com polaco, 1944, em Curitiba, ao sul do Brasil, cidade sobre a serra e muito gelada. E, como todas as cidades desse país, erguida na deriva de uma composição antropológica e cultural com políticas públicas desastrosas e distribuição social bélica e vergonhosa. "Cidade classe média", "À classe média, falta verticalidade. Profundidade no tempo. Raízes", "A felicidade da classe média está aí: é o consumo", "A classe média, sozinha, não parece ser capaz de gerar cultura própria, autônoma e com força para se afirmar", anotações de Leminski sobre o que ele chama de "Culturitiba."

A diferença inventiva e corajosa de Leminski é relatada por Wilson Bueno — morto em 2010, seu amigo, escritor genial, diferente de tudo o que ainda restará escrito por tantos anos à frente —, na orelha de **O Ex-estranho** [1996], quando afirma que tudo o que Leminski fez carrega um "sopro invariavelmente novo na sempre melancólica estância seresteira que é, sabemos, o país". Um contraponto, imagem dialética, muito importante: não confundir os destrambelhos conservadores que o mercado editorial brasileiro impõe goela abaixo como *novidade* — na busca insossa de um romance ou de um livro de poemas que demarquem uma geração insuspeita, porém sempre negociável, mesmo que seja um Leminski permissivo e construído para isso —, com o *novo*, que é algo que tende a um *caráter de vínculo*, como imaginara Giordano Bruno: quando um corpo não desperta os sentidos por si mesmo, mas por meio de uma força existente que ata, e pode ser a mão que se dobra e inclina-se para tocar um outro —; e, ao mesmo tempo, uma *ética*, como a traçada por Walter Benjamin, relido por Giorgio Agamben — aquilo que, na palavra antiga, numa cosmogonia antiga, que compunham as escolas filosóficas gregas, aproxima-se de uma *doutrina da felicidade*, colada ao *demônico*; uma *eudaimonia*. O novo, na afirmação de Wilson Bueno, é o que se sustenta entre concentrado e distraído àquilo que o pensamento de Leminski — pleno de frescor, risco, suspeição e aventura — projeta em tudo o que escreveu. “Quanto mais estranha e arriscada é a aventura, mais ela é desejável”, “aventura e palavra, vida e linguagem se confundem” e “centro erótico profundo.”

Leminski anota que "assim como não há raças puras, também não há códigos puros". Defendia, o tempo inteiro, uma espécie de política incondicional — ou seja, vínculo e ética — entre a hospitalidade e a destituição, a ideia de uma contaminação possível da literatura consigo mesma e com outras linguagens: "outros códigos, outros recursos, outros meios. Nem que seja só em pensamento", e esta é a coisa essencial da anotação: retratar à palavra tudo o que nela ainda advém do corpo, tudo o que ainda é corpo. A opção visceral — "nem que seja só em pensamento" — comparece quando publica, nos anos 1980, quatro *biografemas*, "como uma forma de "pedir providências", apontando para modos de como a vida poderia se manifestar através de uma radicalização política da arte como experiência, mais perto do tempo e de uma prática com a velocidade da guerra dos dias: de Cruz e Sousa [poeta brasileiro do século 19, preto e simbolista numa terra de brancos parnasianos], de Matsuo Bashô [século 17, Japão, um superintendente de águas e inventor do *haikai*, uma forma orgânica], de Jesus, antes de Cristo [o *nabi* que exagera, que escreve na areia e quer virar os princípios e os fins do homem pelo avesso: dar a outra face] e de Leon Trótski [a pressão sanguínea da arte como uma forma política de vida revolucionária e transgressora em direção ao *pouco*].

Se o *biografema* desenha, tal como sugere Roland Barthes — diante da ideia de que "a história é histérica" e que para olhá-la quando ela se constitui, só se estamos excluídos dela —, "traços de uma biografia", fragmentos e quase algum detalhe ou outro, sem perder de vista o patético e o espectro, uma conjuração à presença, a literatura é, constantemente, para Leminski, uma entrada do escritor na política: 1] entrar através dos jogos ideológicos, submetendo tudo aquilo o que faz à sua própria e propositada, logo isenta, alienação ou 2] entrar por uma *portinha* que pode levar a nada, rompendo essa *portinha* com a bravura e a coragem de quem estará, cotidianamente, enfiado numa solidão infinita. Sobra um terceiro gesto, transformar tudo em matéria mitológica, ir "pelo caminho difícil", alterar o vocabulário, "ler o que nunca foi escrito", cumprir a exigência de uma arqueologia malcomportada, "corpo martirizado", quando o "dito do corpo funda a matéria da vida" até um "não-dito: além ou aquém do signo."

Os gestos, os traçados de Leminski, provocam imperfeições e desajustes ao comum — ou ao incomum —, e também relações diretas com o que poderia ser, ou ter sido, se, por exemplo, fosse leitor de Descartes e de Isaías, de Gary Snyder e de Santo Agostinho, de John Lennon e de Alfred Jarry, de James Joyce e de Yukio Mishima, de Nezahualcóyotl e de Juan Rulfo, de Jean Genet e de Guimarães Rosa etc. Sem "mal de família", esse desajuste cristão, a literatura aparece como uma impressão subtraída do conhecimento — e, dialeticamente, o conhecimento como uma impressão subtraída da literatura e de suas derivas. É assim que esses traços, traçados, movimentos de cupim, podem ser lidos: dos romances aos poemas, dos ensaios [anseios?] aos *biografemas* etc. Ele parece optar — como *resposta criativa* e *pensamento selvagem* —, sem abrir mão do mundo, esse legado que criamos entre invenção e acidentes, por uma tentativa de interrupção da catástrofe. É Walter Benjamin, lido aos garranchos por Leminski, porém extremamente guardado no coração, quem nos avisa: a verdadeira *catástrofe* é que as coisas permaneçam exatamente como estão.

A extremidade do gesto a-funcional e anti-institucional — que seria, poderia ser, ou talvez devesse ter sido, sabe-se lá quando ou como, uma atribuição da *poesia*, se tomada como generalização — tem a ver com o que Leminski postula interrogativamente, ao compreender que há uma violência paradoxal na cultura letrada brasileira: "A cultura letrada já tem um destino, no Brasil. Uma história, uma direção, um sentido". E argumenta: "De momento, porém, como falar sobre público para um povo em sua maioria como o nosso?". Para isso, parte de um marco de variação e deriva dessa história, que é, supostamente, a publicação de **Os Sertões**, romance de Euclides da Cunha, de 1902, que ele chama de "cordel de guerra / de um homero anônimo". E lembra que, à sombra desse marco, mora "o caso extremo do intelectual que partiu diretamente para o problema de base da alfabetização das massas do terceiro mundo, [...] com métodos e recursos didáticos para ensinar a escrever e a ler": Paulo Freire.

Euclides, para Leminski — este leitor exegeta de Paulo Freire —, no texto de **Os sertões**, beira a revelação e o despertar da "consciência brasileira", mas sem avançar sobre a circunstância da expressão. Benjamin já anotara, de passagem, que a consciência, muitas vezes, é o que melhor se adequa à mercadoria. No entanto, por outro lado, Leminski também afirma que "nenhum livro / teve sobre a cultura brasileira letrada / o impacto de **os sertões**": "satori nacional", "acontecimento histórico", "viagem psicanalítica ao passado do brasil" e a descoberta do "avesso antieuclidianamente". Não perde de vista o quanto o livro de Euclides da Cunha é, junto ao **Grande sertão: veredas**, de Guimarães Rosa, com um sertão cósmico e agônico, os únicos pontos de insurgência nos limites de um começo — "porque todo começar é político", disse Edward Said, o palestino —, e de um fecho do "ciclo mais fecundo da literatura brasileira". Textos retorcidos, tortuosos, caudalosos, barrocodélicos, estilos de cipó.

3 anos antes de morrer, em 1986, num seminário organizado por Adauto Novaes, através da Funarte, no Rio de Janeiro, São Paulo, Brasília e Curitiba, **Os sentidos da paixão**, Leminski participa com uma conversa vigorosa, *Poesia: a paixão da linguagem*, em que retoma, essencialmente, o que apresentara como proposição em dois textos daquele mesmo ano sobre os livros de Euclides e Rosa: *Sertões anti-euclidianos* e *Grande ser, tão veredas*. O mais interessante é que faz uso de pequenos comentários sobre aquilo que, natural e ordinariamente, se conhece como "prosa", para falar do que, também ordinária e naturalmente, se imagina como "poesia". Mas o ponto insurgente aí nem é essa relação precária — já levada a cabo tantas vezes — entre prosa/poesia, e sim a imaginação laceradora do pensamento que se lança através das figurações do *sertão*, primeiro como experiência e, só depois, como imagem. Experiência que Leminski parece não ter tido — senão através da leitura desses 2 livros e, ainda, de Graciliano Ramos, e do *biografema* que faz do corpo preto de Cruz e Sousa, *bluesman* desterrado, apaixonado por uma artista de circo, Gavita, a acrobata; depois, corpo morto, sem vagabundagem alguma, esticado no feno de um vagão de trem, entre cavalos, atravessando o sertão de Minas Gerais. É como imagem rarefeita — *a imagem por*

subtração — que chega o mais perto possível de uma imaginação revolucionária, aquela que se expande ao ler esses livros impensados.

Ao mesmo tempo, Leminski — muito bom leitor do sertão — sabia que é impossível tocar dois personagens-escritores tão díspares, e esses livros também tão díspares, sem tocar num ponto que afirma algo em direção a um si mesmo — que é sempre UM OUTRO — e que advém daquilo que lia e, sobretudo, de *como* lia aquilo que lia, enviesado pelos apontamentos da criação e da selvageria que não podem ser canalizados "por programas, por roteiros, têm que ser mais ou menos nos caminhos da paixão [pela linguagem]". Daí que nos lembre, muitas vezes, o quanto Glauber Rocha — que desafia Jean-Luc Godard [o poeta favorito de Torquato Neto] ao lembrá-lo que, se fosse francês, pensaria como alguém da *nouvelle vague,* disposto a "acabar com o cinema", mas como é um desabitado do Terceiro Mundo, a tarefa política é outra: "inventar um cinema" — é um exemplo que persegue como exímio leitor do sertão, não só porque o cineasta devorou também os livros de José de Alencar, Euclides da Cunha, Graciliano Ramos e, numa outra ponta, Guimarães Rosa, mas, principalmente, porque, para ler este último, escreveu ele mesmo um romance: o impressionante **Riverão Sussuarana**, publicado em 1978 — numa convocação de um *Bloom*, de James Joyce, e de um Riobaldo amalgamado em êxtase com Diadorim. A figura de Glauber — do pensamento de Glauber, de um Glauber leitor —, diante do filme inacabado **História do Brasil**, de 1974, é a constatação efusiva de uma materialidade imanente da paixão, porque Leminski insiste: o que está na moda é apenas a palavra *paixão*, não a paixão.

Uma aprendizagem da paixão — pela paixão, *com* a paixão — que se esgarça como trepadeira, toca o materialismo histórico sugerido pela anacronia heliotrópica de Walter Benjamin: de que a luta de classes, como Karl Marx a lê, "é uma luta pelas coisas brutas e materiais, sem as quais não existem as refinadas e espirituais" e de que estas "não podem ser representadas como despojos atribuídos a um vencedor". Se se manifestam é como confiança, coragem, humor, astúcia, firmeza, desde o fundo dos tempos: paixão devoradora. E isso para questionar cada vitória de cada dominador. E aí, a parte mais bonita, quando Benjamin anota que "assim como as flores dirigem sua corola para o sol, o passado, graças a um misterioso heliotropismo, tenta dirigir-se para o sol que se levanta no céu da história", ou seja, o quanto uma ancestralidade imprevista vem até o pensamento orgânico de Leminski feito a flecha de um arqueiro zen [Bashô, Gramsci e, depois, Tróstki, uma trindade endiabrada que aparece nas últimas linhas de uma carta de 17 de junho, 1979: "viver é duro. mas é bom. (quando fraquejo me lembro de trótsky, meu exu, e viro hulk de novo)" — e só ele mesmo para definir uma personalidade juntando a figura ímpar da revolução cultural bolchevique, o orixá da abertura de caminhos e das encruzilhadas, e um super-herói verde, descontrolado e monstruoso]. O apurado desenho de um *haicai*, um rio feito KAWA, que imagina a partir dos títulos dos capítulos de **Os sertões** — A TERRA / O HOMEM / A LUTA — ou o "ABC de incredulidade", texto popular recolhido por Euclides num de seus cadernos, remonta à incondicional formação de Leminski, zen-marxista-trotskista, quando assevera que a literatura, se imaginada para um impossível, poderia penetrar as massas, ou quiçá as classes mais populares, como força social, o que é muito próximo do que Benjamin sugeriu como "utopia irrecusável."

O gesto de leitura de Paulo Leminski é tão utópico, inespecífico e movediço que contraria a si mesmo ao dizer que "os textos mais subversivos" de Guimarães Rosa, por exemplo, estão reunidos em **Primeiras estórias**, publicado em 1962, "com toda a sorte de violações em relação aos sinais de trânsito da linguagem, não só da linguagem literária mas até da linguagem enquanto veículo de comunicação entre os falantes da língua portuguesa". Afirma também que, se o grande romance de um suposto Ocidente tiver sido escrito em basco, ele não há; e que escrever em português e ficar calado, "mundialmente falando", dá no mesmo: "é mais que basco, mas é muito menos que o espanhol". E que, se há "um caráter jagunçal" na literatura de Rosa, é exatamente porque ele a faz vibrar numa aposta entre a forma e o conteúdo para a construção de um terceiro — "uma força da língua" —, quando o escritor não é algoz nem vítima da língua, mas aquele que se lança à escritura com todos os movimentos do corpo, em direção à paixão pela língua, pelas línguas. Projeta que Rosa "jagunceia [a língua] por precisão", tanto que os seus livros, traduzidos para o alemão, o inglês, o francês ou o italiano esmagam exatamente, diz ele, "o caráter jagunçal da linguagem". O que acontece com Joseph Conrad, o polaco Józef Korzeniówski, que vai da Polônia para a Inglaterra e, segundo ele, "se britaniza" para tentar gritar na língua e no lugar do capitalismo colonizador mais violento do século 20. Conrad, por sua vez, muito bem lido por Leminski, e também por Belchior — cantor das coisas do porão e de um sertão condenatório, do qual o polaco de Curitiba "curtia muito" algumas canções —, outro exímio leitor de Euclides, Rosa e Glauber, aparece com força na canção *Coração selvagem* e no truque final de uma sobreposição de línguas — também para devolver o deboche a certo desdém de Caetano Veloso àquilo que vinha das bandas de um Ceará faminto, como Teti, Amelinha, Petrúcio, Fagner, Ednardo etc., já prenunciado em *Fotografia 3x4*: "Veloso, o sol não é tão bonito pra quem vem do Norte e vai viver na rua" —, e que todo sertanejo à vera não para de inventar: "Meu bem, meu bem, meu bem / Que outros cantores chamam *baby*."

Jacques Derrida, no seu mínimo e denso **Paixões**, escrito em 1993, diz que amar alguma coisa na literatura é amar um lugar do segredo, algo como: "não há paixão sem segredo, este segredo, mas não há segredo sem paixão. *Em lugar do segredo:* aí, entretanto, onde tudo está dito e o resto nada mais é senão o resto, nem mesmo literatura". A ideia de que a literatura previa, como sentido e paixão da linguagem, DIZER TUDO, DIZER A TUDO — quando ela é uma paixão sem martírio —, para Leminski, já era. Termina na farda e na dilação da miséria prevista por Simone Weil, ao ler na **Ilíada** o enlace do poema com a miséria daquilo que somos, o tempo inteiro — "iguais em miséria" e "o sentimento da miséria humana", o "livro mais importante do que a Bíblia" e "nenhum homem é posto acima ou abaixo da condição comum a todos os homens, tudo aquilo que é destruído é lamentado" —, quando reitera a força que anula os homens — "odiar os inimigos e desprezar os infelizes" —, ou seja, os arremessa a uma conformação, ao uniforme, à pirotecnia fajuta da imortalidade, esta mesma que alguns dizedores do sertão, como João Cabral de Melo Neto, filho de senhores de engenho, com apreço pelos trabalhadores, pelo cordel e pelo futebol [que foi um forte meia de marcação, bom passador no antigo América de Recife], e Guimarães Rosa, mesmo que tenha optado pela vida entre vaqueiros, não tenham conseguido recusar, porque diante da mercadoria nada se recusa. A mercadoria é mais rápida, indômita, violenta, legalizadora e legisladora, anula e encarcera toda e qualquer paixão. E aí, nem adianta, segundo Leminski, entrar no universo de José Lins do Rêgo ou de Rachel de Queiroz [esta, sem *mea culpa*, uma legítima apoiadora do Golpe Militar de 1964, prima de Castelo Branco, e de braços dados com o general na posse violada contra a liberdade incomum, popular, civil, republicana]. Sobram os livros fortes e as tomadas de posição de Graciliano Ramos até o cárcere e, depois, quando liberto, dizem, abandonado pela polícia, magro, doente e aos trapos, numa esquina do Largo dos Leões no Humaitá, Rio de Janeiro, porque era o único endereço que lembrava e conseguia dizer sem parar. Era a casa de Dona Naná — ironicamente, a mesma de José Lins.

Repare-se, lembra Carl Einstein, ao dizer sobre um rouxinol — ave *muscicapídea*, própria da velha Europa e do sudoeste da Ásia —, que o passarinho é só uma "paráfrase absoluta das diversões burguesas" e "uma alegoria, um esconde-esconde". É quase um chiste, um truque de fuga: no lugar da palavra reta, alguns poetas, "floreadores" — Homero, Virgílio, Shakespeare etc. — disseram do bicho, transformam o rouxinol em turbina, budismo, taoísmo, *baseball*, veste e no diabo a quatro. No lugar da ação, o canto, cerca de 260 tipos. Daí que Einstein diga que o rouxinol é "um lugar comum, uma preguiça, um narcótico e uma ignorância", "é um clássico meio de sedução em que se recorre ao charme do pequeno". O rouxinol, conclui, "canta muito melhor, sempre, depois de ter devorado o mais fraco". E não duvida: o rouxinol não passa de "uma utopia barata que encobre a miséria". Noutros sentidos à figura do pássaro, Belchior inventa, na canção *Brasileiramente linda* [composta em 1979] , a ironia de que a miséria humana é — se sim, dessa miséria se pode morrer ao som dos *Beatles* — meramente amorosa: "Antes que algum rouxinol / Diga que é dia, é de manhã / O Sol já vem: *Here comes the Sun*!"

"Todas as relações humanas mais próximas são afectadas por uma limpidez penetrante, quase insuportável, à qual dificilmente conseguem resistir. De facto, como o dinheiro constitui, por um lado, o centro absorvente de todos os interesses da existência, e, por outro lado, esta é precisamente a barreira perante a qual quase todas as relações humanas fracassam, cada vez desaparecem mais, no plano natural como no moral, a confiança espontânea, a tranquilidade e a saúde" e "não é por acaso que se fala da miséria 'nua e crua'. O que há de mais funesto na exibição dessa miséria — que, sob o signo da necessidade, se tornou habitual, embora mostre apenas a milésima parte do que está escondido — não é a compaixão, nem a consciência, igualmente terrível, da imunidade própria, sentida por quem vê, mas a vergonha disso. Tornou-se impossível viver numa grande cidade alemã, onde a fome força os mais miseráveis a viver das notas de banco com que os transeuntes procuram tapar uma nudez que os fere" — Walter Benjamin, 1928, na tradução de João Barrento.

Um direito da literatura à morte — "a literatura se edifica sobre suas ruínas" e "a literatura só é quando coincide com nada", duas pequenas anotações de Maurice Blanchot —, sem fuga e sem tempo, é que faria do escritor, do poeta, alguém tomado de coragem e fascinado pelo perigo. Mas "os tempos estão difíceis", diz Leminski, e o poeta já era, acabou. Sobram "floreadores". No seu caso, um bom exemplo está no fato de que não tinha uma experiência convicta do sertão, a que só é — como *impossível*, projeção imaginada por Jacques Derrida: *fazer o possível ou nada dá no mesmo, o essencial é o gesto para fazer o impossível* — se for com o corpo lançado ao espaço entre deriva e vulto, justamente como a empenha o poeta Carlos Augusto Lima — "nordestinamente paciente" —, estudioso das coisas da terra e leitor diferido de Guimarães Rosa, porque com os dois pés fincados no sertão e no que brota do sertão — a erva daninha — em meio aos centros urbanos. Leminski, esta erva, mato ou inço, a que insiste em existir, ao menos, não é nem de longe um signatário sacralizador como Mário de Andrade que, na sua travessia pelo Nordeste e pelo Norte, registra risonho um lapso que diz tudo sobre certa centralidade paulista para um suposto modernismo brasileiro que, de alguma maneira, contribui para a invenção da expressão cínica "Brasil profundo", esta balela sudestina: "Esqueci do Piauí!" E isso está tão posto e imposto que, por exemplo, até os dias de hoje, dizem por aí, "os críticos", que "não há" literatura dita brasileira, produzida nos anos 1970, que não esteja sob a instituição "esses poetas". Essa literatura, tomada como brasileira, só há se "sudestinamente".

A denúncia de Leminski é de que estamos o tempo inteiro diante de uma "história mal contada", que "boa parte da nossa ficção é contabilidade", que esse "mal é de família" e, se "comparada com o nosso naturalismo pedestre e fotogênico, a ficção latino-americana parece uma literatura que enlouqueceu". Por isso, Leminski declara que "a última grande fábula brasileira é a de **Grande sertão: veredas**, [...] de lá pra cá nossos ficcionistas se debatem entre naturalismo e a máquina fotográfica". O ponto é a ausência substancial de uma força inventiva, algo como "nós raramente enlouquecemos" e "há uma estranha força conservadora na ficção", esta "forma de sucesso garantido". O apontamento é quase previdente, até hoje, 40 anos depois desse texto, *Uma história mal contada*, a acomodação e a conformação constituem a prosa praticada no Brasil, com raros espectros salientes: como os de Assis Brasil ou Osman Lins, Clarice Lispector ou Márcia Denser, Moreira Campos, Wilson Bueno ou Campos de Carvalho, Verônica Stigger ou Dalcídio Jurandir ["Chove nos campos de Cachoeira / e Dalcídio Jurandir já morreu. / Chove sobre a campa de Dalcídio Jurandir / e sobre qualquer outra campa, indiferentemente. / A chuva não é um epílogo, / tampouco significa sentença ou esquecimento", trechinho do *Canções de alinhavo*, Drummond] e mais uns/umas 3 ou 4 ao redor, o resto é um realismo de quinta categoria que ainda serve o mesmo "acarajé, licor de pequi, doce de goiaba e o abacaxi de Carmem Miranda" impregnado do "regionalismo sudestino" [este sim, regionalismo tacanho] imposto pela dicção desengraçada das telenovelas. E é movendo a luta das imagens — a luta *com* as imagens — num "de lá pra cá, de cá pra lá", que Leminski, com muita coragem, demonstra a ideia estabelecida, instituída e atoleimada: a de "acarinhar o leitor", também presente numa poesia que nem se dilata nem se expande, porque é apenas a sugestão narcísica para o consumo abobalhado da intimidade, "prosa empilhada em versinhos, como está cheio o Brasil". Até hoje, majoritariamente, não passa disso: sem as invenções da vida e de mundo, quase tudo é enfado.

Numa mesma modulação, Leminski sempre se perguntava quem, nesse país, lê; e, mais ainda, quem consegue perceber *como* lê o que imagina ler. E isso numa disposição para remover o imutável: "analfabetismo, alto custo do livro, falta de bibliotecas públicas, falta de preparo, de educação do gosto, de interesse e de procura" e "é a transformação em mercadoria que dá à obra de arte a ilusão de ser 'livre'." No meio dessa anestesia, não se pode esquecer da grana imperiosa das corporações do mundo editorial para a inserção deste ou daquele livro, especificamente, o que provoca e produz a inexistência — ou invisibilidade, se se pensa que só há aquilo que está disponível à falência da visão — de tantos e tantos outros, muitas vezes muito mais interessantes, mais políticos e mais pertinentes, sem compromisso com uma agenda da hora ou com um vocabulário usual e mímico, e nenhuma invenção imaginativa. Não há mais nada que não seja do plano do capital e da violência daquilo que o capital determina, em sua dimensão indômita — dimensão irônica — até mesmo no que deve ou não deve ser censurado, porque sempre é, de todos os lados, apenas o que está à vista, imposto por essa mesma violência.

O projeto de leitura do sertão, proposto por Leminski, é, por vezes — e como exemplo disso tudo —, maravilhosamente anárquico, *anarquivista* e selvagem: sem uniformidade, completamente informe. Porque ou se implica, hermeticamente, o corpo ferido e alegre num contágio com a terra ou é só novela das 7. E isso tem a ver com aquilo que Herberto Helder — que imaginava um Rimbaud impossível, porque só seria o que é se fosse um discípulo ancestral de Godard — chamava de "gramática profunda", o princípio e o precipício do que se lê como política e gesto para a composição heliotrópica de uma comunidade: "a transformação mais insignificante de todas". No entanto, Leminski, corajoso e subversivo como sempre, provocava, naqueles idos de 1986: "qual a linguagem que não se escreve? qual é a linguagem em que a poesia nunca chega?" e "não há mais lugar para a paixão, porque a paixão é o desejo projetado para a frente. Não há mais nada lá na frente, apenas o apocalipse. Não há mais frente". E, arqueiro zen que era, acerta na mosca morta disfarçada — por algum esperto *floreador* — de rouxinol.

↓

...OTRABELO E LUTAR | AS GERAÇÕES PASSADAS |

... A PERSPECTIVA

...PRESSORES ⟶ TENTAR VENCER O INIMIG...

↓

AS CLAS...

... ESTÁ EM JOGO É O FUTURO DA HUMANIDA...

. TRADUZIU O CONTO "O JOGADOR DE XADREZ ...

...A. POE ⟶ É UM AUTÔMATO APRESENTADO ...

..., PELO BARÃO WOLFGANG VON KEMPELEN E ...

PARA OS EUA ATRAVÉS DO INVENTOR JOHANN ...

...LZEL [P. 119, M. LÖWY] ⟶ LER O QUE DIZ...

↓

...EOLOGIA REMETE A EINGEDANKEN (REMEMOR...

...RLÖSUNG (REDENÇÃO MESSIÂNICA): CONCEITOS ...

... W. B. ⟶ MARX: "OS HOMENS FAZEM ...

HISTÓRIA"

"QUEM VENCE, QUEM É VENCIDO?", E CONFIRMA QUE IS

BATE: A QUEM VAI MAL, A QUEM VAI BEM. — O

ESTAMOS DIANTE DE UM ABISMO: "TUDO ESTÁ PERDI

NATA A SOLIDARIEDADE: ANTES DO FOGO CHEGAR À DI

O PAVIO.

O QUE MARX DISSE E APONTARA, W.B. RESSALTA QU

É A LOCOMOTIVA DA HISTÓRIA, MAS SIM UMA HUMA

FERRAMENTA PARA PUXAR OS FREIOS DE EMERGÊNCIA.

A ONDA FASCISTA, REACIONÁRIA, UMA CRISE ECOLÓGICA

SE CIVILIZATÓRIA DA HISTÓRIA HUMANA), E A CIVILIZA

INDUSTRIAL MODERNA QUE NOS LEVA À CATÁSTROFE

NDO → "QUEM LUTA PODE PERDER, QUEM NÃO LUTA JÁ

ECHT)

A REVOLUÇÃO COMO UM FREIO DE EMERGÊNCIA

DISCUSSÃO QUE WB ERA IMPORTANTE PRO LEMINSKI:

2

As possibilidades de ler os textos de Leminski como se de um poeta e, ao mesmo tempo, de um crítico cultural dos mais entranhados no seu tempo — frente às questões mais impertinentes da cultura e a uma certa tradição da arte produzida no Brasil —, lançam seus romances *ideia-invenção*, como assim os ensaiava, na tarefa política que se demora sob o prisma da *reexposição do que resta*, sugestão de Michel Deguy, àquele que insiste em dizer, o dizedor [*Dichter*] ou, como inferia Jorge Luís Borges, "el hacedor", que o poeta precisa ser aquele que ainda se violenta com a pergunta: o que é? *Che cos'é la poesia* é também a pergunta respondida por Jacques Derrida, o africano, numa língua que lhe é estrangeira: *istrice* = ouriço = animal enrolado em bola, ferida = "não há poema sem acidente, não há poema que não se abra como uma ferida, mas que não abra ferida também", *hafiza a'n zahri kalb*, "desamparar a memória, desarmar a cultura, saber esquecer o saber, incendiar a biblioteca das poéticas", *auswendig*; "Sem sujeito: talvez haja poema, talvez se deixe, mas nunca o escrevo. Nunca assino um poema. O outro assina. O eu apenas é em função da vinda desse desejo: aprender de cor. [...] o *de cor* deixa-se eleger além do corpo, do sexo, da boca e dos olhos, ele apaga as bordas, escapa às mãos, você o ouve com dificuldade, mas ele nos ensina o coração" — " '*O que é...?' (ti estí, was ist..., istoria, episteme, philosophia). "O que é...?'.*"

O **Catatau** [1975], narra a vinda de Descartes ao Brasil, na brigada de Maurício de Nassau, entre os anos de 1637 a 1644. E, numa inversão sintomática entre colonizado e colonizador, Renatus Cartesius [este renascido que vem também de uma imagem anterior, a de um *Descartes com lentes*], instalado entre os índios, vicia-se em *marijuana* e demora-se, alucinado, em desvario, na presença-ausente do monstro Occam [o assunto insistente do *ubi sunt*] em plena laceração da linguagem e do alumbramento de que o cartesianismo não é possível nos trópicos ["Bene vixit qui bene latuit"]. O que sobra, numa habilidade de construção, é uma afasia irônica recheada de ditos populares e uma falsa indigestão, antropofagia ao contrário, vomitar, cagar plenamente — "merda é veneno. / no entanto, não há nada / que seja mais bonito / que uma bela cagada. / cagam ricos, cagam pobres, / cagam reis e cagam fadas. / não há merda que se compare / à bosta da pessoa amada" ou *Merda é ouro*, **Distraídos venceremos**, publicado em 1987 — desconfiar de que a liberdade seja mesmo a prova dos nove. Algo próximo ao problema que Pier Paolo Pasolini dispõe: "quem apenas *pretende* a liberdade, não sabe depois o que fazer com ela". O escritor, se diante do real e da dimensão da vida social e pública, tem que se esforçar um pouco mais do que meramente *pretender*. No **Catatau**, a certa altura, lê-se: "Só para verificarem uma coisa sair por aí, pondo para fora os poderes que me apavoram" e "a liberdade é a flor da lei, lis num elo de corrente. Exlex, hoje, a regalia. Dois arqueiros estão face a face. Ao lado de cada um, um alvo. O arqueiro pode disparar no alvo ou no outro arqueiro. Se atirar no alvo e acertar na mosca, ganha mas morre porque o outro arqueiro atirará em você. Se flechar o arqueiro, mata-o, — mas perde!, — porque errou o alvo."

Agora é que são elas [1984, 31 capítulos, o último com 31 partes — que Boris Schnaiderman considera, já no dia seguinte à publicação [lera antes, certamente]: a joia rara de Leminski —, emprenha um narrador *aturdito* e abismado com a vida que é, sobremaneira, impura e atribulada, sem trégua, e tudo se passa no tempo exíguo de uma pergunta: "Tem fogo?". No mesmo instante, persegue seu psicanalista, Vladimir Propp, para matá-lo — "EU QUERO É O INFERNO" —, para desmontar a ideia da literatura como funcionalidade ou truque normativo: Propp — o estruturalista da **Morfologia do conto maravilhoso**, publicado em 1928, destino incomum —, é o pai de Norma [*a força da lei, estado de exceção, regra geral, poder e o poder é um só*]; Norma é o mito, a fulana, a que sequer o vê e aquela que nunca o compreenderá — *ilusão de sexo, a linha do busto, das pernas, talvez dos ombros, alta fidúcia, existe demais, apavora, onze horas da noite, onze rodadas de chope, onze vezes a volta da sede, ama flores artérias debêntures, sorriso burguês, burro esplendor, uma mesma coisa*; Norma é a quem ele cede um ato impensado de amor: "tem fogo?". A pergunta é que nega a negação do tempo, "nega a negação dos limites", "a mentira de uma ficção" e quando "a literatura dita de pura imaginação tem certamente seus perigos. Primeiro, não é pura imaginação". Resta deixar a história vazia, dar à história o vazio que ela é, como um último ato de liberdade: desejar o inferno, cortar a própria cabeça e suspendê-la com uma das mãos, braço esticado, para uma plateia que, absorta, tem certeza de que a cabeça — olhos esbugalhados e separada do corpo — continua viva, apavorando a história.

Metaformose [publicada apenas em 1994, 5 anos depois da morte de Leminski] — uma anfibologia do mito de Narciso, um *fabulare* sem sinônimo — é uma novela que se aproxima das transparências desenhadas por Lewis Carroll, e que podem ser chamadas de *Jabberwocky*, como o poema absurdamente inventivo que só as crianças conseguem ler e que, por fim, ao lerem, terminam se apaixonando pela própria imagem e tornam-se terrivelmente adultas. *Jabberwocky* é algo como *tagarelar* — este gesto que não constitui nada — misturando palavras de uma língua na outra, um "balbulonge", um "urrofruto", um "tragarelva" ou, ainda, um "murmurilho" [que tem a ver com murmúrio + andarilho = vagabundagem], do qual Alice, que não amava ninguém, não tem medo, nem declina, nem desiste. Já Narciso, *rememorante* e triste, só consegue ver a própria imagem, até mesmo na licantropia antecipadora do Minotauro — este amor lacerador de Teseu, dentro do labirinto de Dedalus, o espasmo do homem-bicho/bicho-homem que grita o tempo inteiro que não consegue voar, como Ícaro. O projeto de Leminski tem a ver com o esquartejamento de Narciso, para que se consiga, mais ou menos, tocar uma ética, a doutrina da felicidade, "será feliz enquanto não enxergar a própria imagem" ou "morrer de sede ao beber sua imagem" —, diante do fato simples de que os gregos, que também são egípcios, parecem ter imaginado todo o inimaginável: *pôr a vida à prova* [contra a fragilidade de meramente *pôr a vida em forma*], frente ao desejo absoluto de uma vida sem fim, do amor e da guerra: "Lembrar passa. Só esquecer é eterno. Sobreviver à minha plenitude, não quero". Ou, mais simples, reto, como bem diz Régis Bonvicino, essa novela é "desses textos que se colocam na zona de intersecção entre a prosa de ficção, a prosa crítica, a poesia — com amparo em pesquisa de história."

Estamos diante de um jogo entre a força da imaginação e o sentido: "O sentido, acho, é a entidade mais misteriosa do universo" e "me recuso a viver num mundo sem sentido", afirmava Leminski. Ou seja, os textos que imaginou escrever são, o tempo inteiro, um plano inespecífico, uma insuficiência da linguagem, uma memória ativa sem mecanismo ou domesticação. Diz ele: "isso é próprio da natureza do sentido: ele não existe nas coisas, tem que ser buscado, numa busca que é sua própria fundação". Por isso, constantemente, esses textos parecem solicitar uma leitura que só é possível se numa zona contaminada e desejante, libidinosa e aberta, para penetrar com força — inclusive nas línguas em que se é estuprado, a lembrança que vem de Sony Labou Tansi, desde o Congo, porque Leminski também é preto, filho de Áurea —, as armadilhas do indistinto entre o poema, o ensaio, a narrativa, a letra de canção, a canção etc., provocando uma temporalidade movediça [retirar-se da areia movediça puxando-se a si mesmo pelos próprios cabelos, e rindo, feito o Barão de Münchhausen], impermanente, vulnerável, que — com algum esforço generalista — ainda se pode chamar de POESIA = invenção radical, imaginação infinita: "uma maneira de sair da maioria."

Assim, há uma resistência à acessibilidade recorrente em que normalmente são lançados os poemas de Leminski — "o escritor se reconhece na Revolução", diz Blanchot —, muito por causa de um tom e um ritmo aparentemente simples, vindos de uma dicção da rua: aquela que vem da *vagabundagem*, por exemplo, que Jack London pichou no muro do século 20, das populações flutuantes, oprimidas pelo trabalho na fábrica, aos *sens terre* já imaginados por Henry David Thoreau; dos sem rumo nos trilhos e trens da América anglo-saxônica à conversa bêbada de bar, entre os encantamentos dos *blues* e os descompassos das democracias capitalistas, principalmente no Terceiro Mundo] —, e que pode sugerir uma espécie de malandragem da linguagem. Se lidos sem a resistência de existirem difíceis, "incompreensíveis para as massas" — quando massa ainda não é classe, quando massa nunca é classe — "num país como o nosso é necessária uma Itaipu poética" e "num país pobre, / movido a carro de boi, / é preciso por o carro na frente dos bois" e "quero fazer uma poesia que as pessoas entendam". Mas, na outra ponta da vida, desatada, escreve, numa carta a Régis, 6 de novembro, 1978: "a amena convivência dos *saloons* gera uma cumplicidade, uma falta de impressão de eco e repercussão, um pseudo público de aficionados e iniciados, gentileza a turminha, você sabe... sempre te falei dos perigos da convivência e da proximidade. de papai e mamãe, distância...". Mas terminam por esparramar o poeta como uma topografia de si mesmo [arbitrariedade da semelhança e significado imediato], sem *tropos* [isto que se cumpria em certa tradição medieval teológica: desequilíbrio, desmonte da forma, o equívoco / o erro, a dessemelhança = uma força], quase como um pretexto para não problematizar mais, em nenhum momento, a circulação do poema: "Alguém se encarregará de institucionalizar o escritor, desde os amigos, os conterrâneos, os companheiros de luta, até todas aquelas pessoas ou coisas que abominou e combateu. Acabarão por lhe encontrar coerência, evolução harmoniosa, enquadramento numa tradição. Servir-se-ão dele, utilizá-lo-ão, homenageá-lo-ão. Sabem que assim o conseguirão calar, amordaçar, reduzir", disse Ruy Belo.

O poema, sem *ontologia acidental*, como disse Catherine Malabou, sem rosto, acompanha a mera plasticidade destrutiva e explosiva de sujeitos frios e indiferentes à vida, ao mundo; e aí, sim, massivamente autocentrados, Narcisos apaixonados pela própria imagem. O poema passa a circular, diz Leminski, com a cabeça toda enfiada na lama crítica e radical, denunciada por Bertolt Brecht, "como qualquer mercadoria ou produto industrial". Para ele, "o capitalismo não irá trair sua verdadeira natureza", a arma fundamental desse processo é "a transformação de tudo em mercadoria". Por isso, num revés, "nada que o sol não explique", seu jogo é manter o estranho, provocar um *scherzo*: *scherzare*, móbile que vem do barroco de Marini e que se amalgama ao pensamento de Mário de Andrade, signatário sacralizador, o esquecido, o que se enganou; e não apenas ao de Oswald de Andrade que, muito mais intempestivo e bárbaro, muita sombra e café farto, é sempre a chave mais óbvia para ler a poesia de Leminski [Wilson Bueno diz que nós, seres humanos, nunca passamos de meros reflexos de nossas supostas sombras, e que *os sombras* brincam imparáveis nos jardins zoológicos onde supostamente *os* aprisionamos, rindo da ilusão que provocam]. É com uma argúcia, como a de Mário, que Leminski brinca, feito sombra, para enfrentar a adaptação e a domesticação do poeta [porque o poeta já era, acabou: o consumo venceu]: "Me diverte pensar que, em vários momentos, estou brigando comigo mesmo" e "espero que todos se divirtam. Não há muito a fazer neste mundo."

Diante da ideia homogênea e mímica de uma literatura para vender na feira = consumo total [e feiras literárias ou culturais, no caso brasileiro, muitas vezes financiadas por mineradoras irresponsáveis e criminosas — caso da VALE, que gerou e gera destruição e morte de vidas humanas, de mata nativa, de rios, de inúmeras espécies de animais etc. —, VALE que também já foi amplamente denunciada por Carlos Drummond de Andrade, o que recusou a vida uniforme enfiada num débil fardão, desde os anos 1960, em textos para jornais e poemas], porque "forma é poder" e porque o "discurso jorno/naturalista é o triunfo da razão branca e burguesa", disse Leminski, é interessante lembrar do que afirma a escritora portuguesa, Silvina Rodrigues Lopes, quando amplia o sentido do quanto é importante, quase essencial, indagar de perto esta tendência de nosso tempo em adaptar "grande parte daqueles que se apresentam como escritores às condições institucionais dominantes e ao mercado, o que significa que não produzem senão simples objetos de consumo, ao nível de qualquer outro artigo de supermercado". Ela completa [certamente diante da *Tese 6*, de Walter Benjamin, **Sobre o conceito de História**, ao alertar, convicta, sobre o incêndio imparável de que, se o inimigo não parar de vencer, nem os mortos estarão a salvo e, pior, os inimigos não param de vencer]: "quando um escritor aceita o lugar de símbolo, dispondo-se a ser homenageado pelo poder político, aceita uma forma de cooperação com o inimigo, colocando-se a si próprio contra a obra que escreveu, se ela existir". Ou seja, sem impostura ou, como sugere o Leminski: sem INFRATURA = violação, ruptura, contravenção, quando a poesia acusa, denuncia as estruturas, desautomatiza a linguagem e a torna imprevista, heteróclita e heliotrópica, revolucionária.

A poesia de Leminski é um sopro, uma aventura entre erotismo e desespero com *a vida das formas* ["sem desespero não haverá provavelmente decisão", diz a Silvina] e com a vida diante da *mutação antropológica*: quando tudo, tudo, é consumo [diz Pasolini, heteróclito, extrema esquerda, rompedor e forte, veloz, ágil, agudo, corajoso, camiseta número 11, um desesperado. Leminski anota: "Pasolini, o que dizia trocar uma florzinha de terreno baldio por todas as instalações industriais da Itália"]. Uma poesia que ensina a resistir, a cair, para manter a sua "infinita estranheza [o *impoder* da literatura, a qual, recusando submeter-se a qualquer modelo, também não pretende provocar qualquer submissão], relação que não classifica, não hierarquiza". O poema que Leminski imaginou, como exercício, é uma articulação daquele que entende que para operar a poesia, num enlace com a modernidade demoníaca, precisava constituir um processo histórico impermanente, descontínuo e anacrônico, nem técnica nem poética: *o que leva a nada*. Tanto é que, num ensaio em que recupera a sobrevivência do quase invisível, da miniatura contra a institucionalização definitiva e imponente dos holofotes, intitulado, não à toa, de *Bonsai* — ou seja, muito perto de Matsuo Bashô e de Yukio Mishima, agora, leitor de Jean Genet —, ele diz que é lendo Mishima e, principalmente, traduzindo **Sol e**

aço, a confidência crítica escrita pelo guerreiro samurai, que entende o ato criativo [*taiyo to tetsu*, gesto e texto] como o que se realiza e só se revela "em carne viva, o drama essencial da inter-subjetividade, no qual *olhar* é um ato agressivo", na perspectiva "revolucionária *para trás*, os utópicos nostálgicos". É a *imagem dialética* do conceito — "ou preconceito" — ocidental de literatura contaminada e contaminando as invenções nipônicas entre o *haiku* e o *Nô*. A ideia lapidar e totalitária entre a lei e o Estado, que vem das línguas grega e latina, amalgama-se à refração gasosa, cautelosa e especulativa do ideograma, e vice-versa. Anota que, por exemplo, se pode perceber as modulações entre o século 17 e o século 20, no que se apresenta como "diferença": "em Bashô há tristeza e melancolia por trás da beleza. Em Mishima, há desespero" — "a luta com as palavras. A luta com as armas. A luta consigo mesmo. A luta contra o destino. O amor pelo sol". A insurgência irreconciliável, para Leminski, é que "todos os homens são, enfim, herdeiros da produção cultural de todos os homens, de todos os povos, de todas as épocas". Selvageria pura.

TEMPO INTEIRO COM MARX: "GR

→ **TUDO** ← NÃO HÁ BRECHAS, NEM

ÊNCIA DE FORMA DEFINIDA → ASSIMET

MENTO → NÃO SÃO OS CONTEÚDOS, MAS A
FORMA É QUE É POLÍTICA E
SOCIAL. → FORÇA = FEMINI

(P. 54)

POESIA
"ALTERNA

A DA POESIA FÁCIL" (P. 58)

"PARTICI

MUDAR A POESIA

DO" → **TUDO** ←

MUDAR O MUNDO

EXTRAORDINÁRIO, UMA CATEQUESE: ISTO

3

Em 2024, completaram-se 35 anos da morte de Paulo Leminski, 7 de junho de 1989. Depois de Drummond — que metamorfoseava toda coisa fulana em mito, mitógrafo: "um mito não se supera", "a modernidade começa com um pensamento sobre o mito" —, que recusou por 3 ou 4 vezes entrar para a vida imortal [farda, uniforme, conformação e a penúria lúgubre da imortalidade restrita sempre movida ao chá das 5] numa tetraplégica academia nacional de letras que só piora a cada ano, um malogro imaginado por Machado de Assis que, irônico e propositalmente, e para rir de nós, no inferno, deixou esse legado estruturado como um deboche definitivo — a última de suas negativas —, é certamente Leminski o único e o último a quem ainda se poderia, no Brasil, de todos os modos, agora, nomear *poeta*: *Dichter*, *hacedor*, ouriço, *istrice*, *auswendig*, murmurilhador. Como Ishmael, o contador das histórias do leviatã, amigo de Queequeg, o polinésio, inventados por Herman Melville em 1851, poeta não é quem diz "chamo-me", mas quem imagina um espectro que vem do chão, sem metafísica [Ahab ou uma baleia, depois cachorra com o nome Baleia], dizendo "chamam-me".

E que, mesmo assim, ouvindo o chamado, diz não, não, não, o tempo inteiro. E, mesmo assim, se ao retraçar as linhas e rotas dos mapas [este imaginário de controle para o poder], inconsciente e acidentalmente, traçasse apenas as linhas e as rugas do próprio rosto até UM OUTRO.

A questão não é a circulação da literatura, mas, sim, muito mais, uma circulação da selvageria: bárbara e liberta. Um motim. Uma utopia que vem como interdição radical no presente e que pode, sobremaneira, antecipar relações futuras — uma memória do futuro, para o futuro — se a literatura como revolução: isto que vem do movimento de corpos celestes ao redor de seus centros e extremos de gravitação, como está no **Timeu**, de Platão, o universo sem centro, todo de extremos — ou seja, um descolamento das tramas políticas e culturais existentes na placa de chumbo social da realidade para um encontro entre o que existe e o que não existe AINDA. Traço indelével, as fontes de Leminski não vêm de um ditirambo em torno de Narciso, seu contragolpe, mas sim do materialismo histórico e dialético, o mesmo que Benjamin decidiu ler no pensamento de Karl Marx [tal como Leminski viria a ler, redesenhando garatujas 50 anos depois da morte do pensador alemão autosuicidado], com EXPRESSÃO EXPERIMENTAL, a que argumenta infinitamente em direção ao desejo e ao sonho, mesmo que as consequências sejam sempre extremas. E que Leon Trótski, continuamente em fuga — pouca roupa, poucos livros, poucos amigos, pouca delicadeza, tal como Benjamin [1 par de sapatos, 1 casaco] —, refuta e recusa, joga fora [*rebola no mato*, como se diz no sertão nordestino], porque não vê outro modo de sobrevivência senão tomar posição contra as formas de vida justapostas pelo capitalismo cristão: arremessar longe tanto a culpa mítica sem origem quanto a dívida econômica constante.

Liev Davidovitch Bronstein, Leon Trótski, que toma a revolução como uma paixão intelectual — "convicção feita de ferro em brasa", que é, por sua vez, um pouco a convicção que Leminski toma como legado —, ao compreender que só os bem alimentados podem lutar pelos que têm fome: "os muitos miseráveis nem sequer se revoltam, deixam-se morrer à míngua". O livro **Literatura e revolução**, escrito entre 1922 e 1923, é uma espécie de evangelho de cabeceira de Leminski, um plano de existência composto por pequenos ensaios que culmina com o texto sobre o suicídio de Maiakovski, *Capítulo 10*, que se mata desorientado por causa das tecnoburocracias do partido único, que eram, praticamente, contra a ideia impensada de uma república popular, uma degenerescência; e, por isso, o lê como um "revolucionário, antes mesmo de ser poeta", um combatente da linha de frente da vida, com o corpo em estado de poema. [Há um texto sobre a morte de Lunatcharsky em Menton, na França, *Capítulo 11*, que só aparece nas edições posteriores ao assassinato de Trótski. Faz sentido. Lunatcharsky era, segundo Leon, um homem de firmeza elástica, diletante, permeável, mas que cumpriu o bom papel de Comissário do Povo para a Instrução Pública, mostrando que os bolcheviques tanto respeitavam a cultura como procuravam conhecê-la bem].

Leminski compõe um lindo poema para Trótski e, com espanto, o poema é também para Natália Sedova — filha de um explorador do Ártico, Ivan Sedov — a segunda companheira de Leon [a primeira foi a revolucionária marxista, russa, Alexandra Sokolovskaia, entre 1899 e 1902]. Natália estava em Coyoacán, com Leon, em 1939, Cidade do México, último ponto da fuga, recebidos pelo presidente Cárdenas, por Diego Rivera e Frida Kahlo. Mais do que forma ou arte revolucionárias, *vida revolucionária*. Como imaginava Charles Baudelaire, anotado por Raúl Antelo acerca dos *Fins do moderno*: "Baudelaire não fala da *arte moderna*, mas da *vida moderna*. [...] o que é moderno é a vida. Nem o artista nem a arte". Ou Benjamin, lendo Baudelaire a partir de Jules Laforgue: "A beleza singular de tantos começos de poemas de Baudelaire é: o emergir do abismo". Leminski não duvida e percebe a lição daquele que Lenin considerava que "não há melhor bolchevique que ele", e anota acerca desse encontro que engendra o seu poema também em fuga: "Nunca saberemos o que Trótski conversava com Natália quando voltava para casa, saindo de uma reunião no Smólni ou de um comício para soldados operários". Eram os "mil interesses" e a dispersão de uma intelectualidade derivante desse revolucionário que encantavam Leminski, "do político ao militar, do literário ao cultural", "percurso errático" — e a força absurda de viver diante da dor violenta da perda de 3 dos 4 filhos: uma suicidou-se; outro morreu num campo de concentração de Stálin, sob tortura; e o terceiro, Serioja, morre numa penumbra misteriosa, num hospital em Paris — supõe-se que assassinado por médicos stalinistas: "O stalinismo é oportunista. Não é ideologicamente radical". Assustador, lembra Leminski, que aos 50 anos Trótski parecia ter 70, envelhecido precocemente.

O poema *o velho león e natália em coyoacán* está em **Caprichos & relaxos**, publicado em 1983, livro que reúne os poemas de Leminski até aquele momento — com exceção dos que estavam em **40 clics em Curitiba**, publicado em 1976, feito em parceria com o fotógrafo Jack Pires, capa em formato de LP, páginas soltas encartadas, fotografias e poemas em *conversa deliberada* e *atribuição errônea*. A proposição do poema parece, como tudo nesse livrinho de samurai e vagabundo, vir de Marx, que repetia, e repetia, que uma ideia, se e quando penetra a massa, já é uma força material. Leminski reelabora isso depois em *Central Elétrica: projeto para texto em progresso*, ao dispor o móbile dialético entre desenvolvimento tecnológico e regressão social, quase como o embaraço entre Trótski e Lenin *acerca* da cultura e da arte modernas, como recorda Clara Zetkin [Lenin não tinha nem compreensão nem gosto pela arte moderna] e que reaparece, muitas vezes, em meio ao pensamento veloz de Leminski. O que imaginavam [Clara também, claro — disse Leminski, que amava um trocadilho embaçado, rosto fechado, vidro sob a chuva, como na cena inicial da personagem de Natalie Portman em **Free Zone**, de Amos Gitaï, depois ao lado da personagem de Hiam Abbass, atriz e diretora palestina], era "uma cultura com alma proletária, com cheiro de povo, com calos nas mãos. Seria lindo se não fosse equivocado.

A arte é fruto da divisão do trabalho: para fazer um bom escritor, leva tanto tempo quanto para fazer dez bons torneiros mecânicos". Leminski já era um apaixonado por Lula. A LEF [Frente de Esquerda da Arte, em russo] não deu certo. Maiakovski disse que iam destruir a arte, a linguagem se torna primária, maniqueísmo de tipos, clichês, fórmulas de efeito fácil. O lance, indica Leminski, é que a classe operária não conhece a velha literatura, séculos de tradição imperial e burguesia letrada. É o caso de Haroldo de Campos — mais do que Augusto ou Décio Pignatari — da trinca da poesia concreta de São Paulo, que tanto admira. Via em Haroldo, numa composição, a radicalidade hermética e extrema de um intelectual de elite, uma "usina subatômica" de pensamento, e sempre um aliado da revolução às coisas todas, colado a Octavio Paz, mexicano, *transblanco,* feito também a sugestão de Benjamin, de 1935, movendo a autoria também como produção, ao tomar o exemplo de Sergei Tretyakov: "precisamos de exemplos largos para repensar as ideias acerca das formas ou dos gêneros na literatura e, com base nas possibilidades técnicas da nossa situação atual, chegar às formas de expressão que apresentam o ponto de partida para as energias literárias do presente". Esses são alguns espirais de sua fascinação, seus "camaradas da humanidade"; e é evidente, Leminski sabia, que não pode haver memória do futuro quando o passado não se apresenta, para que assim se possa pensar numa comunidade fraternal futura, humanidade emancipada pela força do espírito, algo como um *cinema sem imagens* — a vida como presença, a sala de cinema, o filme lado a lado, *nunca ver a si mesmo* nem *identificar-se com nenhuma personagem*, as imagens nunca podem nos amar etc. — que pode afastar, de vez, o desejo inócuo de alguém entrar numa igreja e ajoelhar-se diante de qualquer comando ou representação dogmática, pronta ou irresoluta, mesmo que seja uma obra de arte [isto que nos faz ficar de pé, firmes, fortes, empenhados, mas nunca de joelhos]. Leminski faz um alerta, aviso de incêndio: evolução ou inovação não são — ainda ou nunca — revolução.

O poema — uma reverência através da construção de um silêncio, ou "do amor", ao reinventar a figura do leitor-receptor ["por exemplo, tudo o que sabemos é que ele existe"] —, para Trótski e Natália, assenta na intransitividade do sentido: "desta vez não vai ter neve como em petrogrado aquele dia / o céu vai estar limpo e o sol brilhando / você dormindo e eu sonhando // nem casacos nem cossacos como em petrogrado aquele dia / apenas você nua e eu como nasci / eu dormindo e você sonhando // não vai mais ter multidões gritando como em petrogrado aquele dia / silêncio nós dois murmúrios azuis // eu e você dormindo e sonhando // nunca mais vai ter um dia como em petrogrado aquele dia / nada como um dia indo atrás de outro vindo / você e eu sonhando e dormindo". Anos depois, Vitor Ramil — músico, compositor, morador de Pelotas, sul do Brasil, vizinho ao Uruguai, fascinado por Melville, tanto que escreve e publica uma novela intitulada **Pequod**, 1995, que é o nome da baleeira de Ahab na caça a Moby Dick, a baleia branca e suas cicatrizes — dá ao poema de Leminski um desdobramento de canção, gravando-o em seu disco **Tambong**, 2000. Leminski lembra o que disse Georg Lukács, stalinista húngaro — a vida é um acidente irônico — que poderia ter sido cineasta e amigo de Béla Tarr e Miklós Jancsó: "o pior socialismo é preferível ao melhor capitalismo". 15 anos depois de sua morte, em 2004, lemos , na advertência a uma reunião de contos que Alice Ruiz, companheira da maior parte de uma vida inteira, desembaralha e organiza, **Gozo Fabuloso**: "Fábulas, canções, que seria de nós sem essas misteriosas entidades? [...] Vanguardas e outras subversões à parte, nunca vai faltar amor para uma canção bonita, aquela história redonda, o retrato da pessoa amada."

Leminski retoma e *reexpõe* uma anotação de Trótski — 27 de fevereiro de 1940, um dia bonito, 6 meses antes de Ramón Mercader fincar uma machadinha na cabeça do velho Leon, matando-o —, sobre Natália, enquanto a vê caminhar vagarosa pela janela de seu escritório, na casa em Coyoacán: "Natascha acabou de chegar pelo pátio até a janela e abriu-a completamente para que o ar possa entrar mais livremente em meu quarto. Posso ver a larga faixa de verde sob o muro, sobre ele o claro céu azul, e por todos os lados, a luz solar. A vida é bela. Que as gerações futuras a limpem de todo o mal, de toda opressão, de toda violência e possam gozá-la plenamente". O interesse de Leminski pelas coisas ao redor, e além, passa por essa sua expansão selvagem, seu esforço monstruoso ["e viro hulk de novo"] em tocar a vida no que ela é e no que pode oferecer de simultâneo, ao retirar da falência da linguagem — que salienta a vida apenas como um mero jogo sucessivo — uma narração esburacada. Em sua escavação por civilizações remotas, pelos cheiros que se misturam, viagem de livro e simultaneidade enfrentada — Egito, Índia, China, México etc. —, chega ao rei Nezahualcóyotl, século 15, que, segundo um cronista asteca muito suspeito, Fernando de Alva Ixtlilxóchitl, teria se oposto aos sacrifícios humanos — uma revolução teológica — sugerindo o sacrifício de cobras e borboletas, ou a destruição de objetos de jade.

E o que mais chama a atenção do arqueólogo malcomportado, Leminski, é o fato de que o rei também era poeta e tinha lá suas obsessões com a impermanência de tudo: "Vivermos, será que na vida se vive? / Não para sempre na terra, / só um pouco no tempo. / [...] / Não para sempre na terra, / só um pouco no tempo."

"Quem vence, quem é vencido?" — é a pergunta que Walter Benjamin se faz diante da negativa de que "isto" não é um combate [a quem vai mal, a quem vai bem], e que o importante mesmo é a ciência de que estamos, sem parar, o tempo todo, diante do abismo, o que nos joga numa circunstância de emergência: "emergir do abismo", porque "tudo está perdido". Se a modernidade se duplica — como transparência, não apenas como reflexo ou labirinto, mas como *um grande vidro* [Marcel Duchamp] —, entre técnica e poética, nem poética e nem técnica, é porque isso aprofunda o impasse: do quanto a técnica é contra a solidariedade. Leminski, de *kimono* samurai, se apropria do partido socialista polonês na figura de Lech Wałęsa — por quem era tão apaixonado quanto por Lula, fundador, entre nós, do *Partido dos Trabalhadores* —, o *Solidarność*, para ir em direção à outra suposta pergunta de Benjamin: *Como ser rápido o bastante para cortar o pavio antes que o fogo chegue à dinamite?* A pergunta contra a NORMA: "Tem fogo?" — evitar a explosão da história sobre os que estão, sempre, às margens famintas daquilo que ela impõe. A história como um misto de trinitrotolueno e nitroglicerina, presentinho de Alfred Nobel para o planeta Terra; Nobel que não deu bolas para Marx: a revolução é a locomotiva da história. Benjamin — marxista, como Leminski —, disse que a revolução é uma humanidade preocupada e atenta para puxar os freios de emergência dessa locomotiva desvairada.

O abismo: há uma nova onda fascista, reacionária, uma crise ecológica — climática — que é, certamente, a mais séria crise civilizatória dessa locomotiva [que já foi escrita por Joaquim Cardozo, em *Visão do último trem subindo ao céu*, 1970, a que carrega todos para o inferno, menos o estudante, o estúpido, que está debruçado sobre um teorema de geometria, vela acesa, janelinha aberta, e sob a presença de Natália Sedova, vagarosa]; é a civilização capitalista industrial, *anarco* e *narco* liberal, que arrasta tudo à catástrofe. A vanguarda moderna parte da ideia de um caráter evolutivo [como a poesia concreta de São Paulo], mas, ao mesmo tempo, é o surrealismo que instaura uma previsão dessa catástrofe. É na figuração da *tempestade* que Benjamin desenha no ar, praticamente, a apresentação do progresso como acúmulo de catástrofes. Já se está diante, desde então, de algo terrivelmente ameaçador. Leminski, um aliado em ação, escreve que, num momento assim de tempestade, sobram espaços nulos, ambíguos, oscilantes, indecisos, e que a vanguarda invadira esses espaços para avançar contra a *tempestade*. A discussão de Leminski gira em torno da assimetria assimilada e discutida por Marx, da luta de classes até a mercadoria absoluta [não há brechas, não há saídas]. E afirma: "Não são os conteúdos que importam: são os modos, os processos, as formas que são sociais. E políticas, portanto. Entre o dirigismo ideológico do Estado e a sutil dominação do mercado, não sobra um lugar onde a arte possa ser 'livre'. A não ser nos pequenos gestos *kamikaze*, nas insignificâncias invisíveis, nas inovações formais realmente radicais e negadoras. A liberdade é ouro. Tem que ser garimpada. É substância radioativa de ínfima duração. Vamos nos apressar. O mercado ou o Estado têm poderes para transformá-la logo em seu contrário". O que escapa dessa assimetria é a amorfia: se TUDO se transforma em mercadoria, se tudo é MERCADORIA, é porque, também, confirma Leminski, "TUDO é alienado, a ALIENAÇÃO tomou conta de tudo". E assume o risco e a tomada de posição contrária à instituição solene do "escritor nacional" — invariavelmente homens, brancos, de classe média ou herdeiros de alguma fatia de bens — para Leminski, até mesmo à poesia dita "alternativa", sudestina, meramente feita por jovens para jovens ["as elites jovens de classe média. A neoboemia pós hippie"], um esgotamento: "a poesia participante nunca conseguiu chegar às massas: ficou apenas como um fenômeno meramente 'literário', circunscrito ao livro (mercadoria cara) e produzindo carreiras literárias (Ferreira Gullar, Moacir Félix, Thiago de Mello, Geir Campos). Em suma: a poesia participante não conseguiu sair da literatura, arte de elite num país de analfabetos e vidiotas."

Tomar posição exige coragem. Se há uma emergência diante do abismo no pensamento selvagem de Paulo Leminski, é porque há também, no mesmo instante, a proliferação dos perigos, uma exigência: "alguém para algo". Dizer, assumindo muitas vezes que o medo — Leminski, leitor de Guimarães Rosa repetidas vezes: o medo é uma força seminal à diferença — não é senão uma forma de coragem. O empréstimo dos 5 sentidos, como educação, entre Haroldo de Campos e Paulo Freire, o leva a dizer que: "um país pobre / não tem que necessariamente / ser pobre de ideias / (QUANTO MAIS ATRASADO UM POVO / MAIS TEM QUE CRIAR)". No contradito, sempre, a impertinência política de Leminski passa pela imaginação de um pensamento sem caráter didático, pedagógico ou doutrinário, sem catequese, porque, se assim fosse — essa é a sua atenção —, estaria reproduzindo uma ação colonialista, elitista. Tende a ser severo, não negocia, recusa a materialidade dos compassos do mercado, escreve o que quer, sobre o que quer, quando quer e traduz o que quer. A morada, demora [*demeure*] da coragem, se apresenta no jogo dialético da leitura que faz de uma sociedade desequilibrada por causa dos efeitos da desgraça social provocada pela avidez e mesquinharia dos que concentram dinheiro, bens, posses. Faz do pessimismo, assim como Benjamin, a sua desconfiança com os percursos da literatura no Brasil — sem atrito, sem aderência, sem raspa de tacho — e de uma cultura desigual, logo, mantenedora da miséria, sem liberdade; o que o leva a desconfiar também do destino da humanidade, se ainda será possível qualquer entendimento mútuo entre as classes, os indivíduos, os povos. Se ainda haverá, ainda, alguma ideia de povo, algum sentido de povo.

A salvaguarda da poesia concreta de São Paulo, trinca de ases, incorpora-se ao que é, como poeta — *zen-marxista-trotskista-concretista-pop star* —, numa retomada e releitura dos passados [reavaliação, repescagem, redescoberta], uma lista infinita que vai de Sousândrade a Pedro Kilkerry, de Odorico Mendes a Pagu, de Arno Holz a Khlébnikov, de Voznesensky a Vicente Huidobro, de François Villon a Li T'ai Po, de Dante a Ungaretti, de Corbière a Safo, de Arnaut Daniel a Cleber Teixeira e sua encantada editora Noa Noa, traçando ruas abertas para Mallarmé, Gertrude Stein, Hopkins, Emily Dickinson etc. Para ele, no Brasil, "a ninguém o passado deve mais do que a esses futuristas". E isto, *traduzir*, é o próprio e inespecífico devir da língua, tantas traduções caindo no colo da língua brasileira, falada, dita, gritada, murmurada: Petrônio, Alfred Jarry, John Lennon, Yukio Mishima, John Fante, James Joyce, Samuel Beckett etc. Uma aposta de Émile Benveniste: "o quanto línguas de estruturas comparáveis servem a sociedades muito diferentes entre si" e "língua e sociedade são para os homens realidades inconscientes, uma e outra representam a natureza, se assim se pode dizer, o meio natural e a expressão natural, coisas que não podem ser concebidas como outras que não são e que não podem ser concebidas como ausentes. Uma e outra são sempre herdadas, e não se imagina no exercício da língua e na prática da sociedade, neste nível fundamental, que tenha podido existir um começo tanto em uma quanto em outra". Um intervalo, um espaço imaterial entre o livro e a língua que vem: pensar.

ÃO DA INFORMAÇÃO (P. 65) RETOMA,

MA (POEMA / POESIA CONCRETA), A IDEI

AVALIAÇÃO, RECICLAGEM, REDESCOBERT

EL POLÍTICO DOS POETAS CONCRETOS,

STA (P. 68) — P. 69: A NINGUÉM O PASSA
DEVE MAIS DO QUE A
ESSES FUTURISTAS

ES, FRAGMENTOS DO TEXTO "SEM EL

AG. 4 | FRAG. 5 | FRAG. 6 | 7 E 8 —

A | DO PENSAMENTO | NÃO É O LIVRO
NEM O SUPORTE
↓
ESTA MATÉRIA É
O DE MENOS E
NESTA CASO.

INUTENSÍLIO (P. 77)
(J.C.)

4

Leminski entende a literatura como "um efeito mental" que contraria a ditadura da utilidade. Ou seja, imaginação, pensamento selvagem. Se a literatura existe apenas como imaterialidade, sem livro ou suporte — esta matéria que custa caro, "LUCROCENTRISMO x A LUTA DO TRABALHADOR" —, a poesia está contra o ideário servil, estratégico. Ele diz: "Escrever é pensar. Quem pensa mal, escreve mal. Não há habilidade retórica que consiga disfarçar um pensamento fraco ou medíocre. [...] ralo, sem cor. Não existe estilo de linguagem. O que existe é estilo de pensamento. [...] Existe alguma coisa na palavra que não é matéria". A aposta de Leminski é numa utopia irremediável e irrecusável, como disse dela Benjamin, leitor do **Espírito da utopia**, de Ernst Bloch, publicado em 1918, quando ela é incômoda, porque interdita o presente, deseja alterar o presente. Frente ao capitalismo religioso e cristão de todos os dias, uma saída — fogo fátuo — é uma vida revolta, rebelde, a da vagabundagem — figura arcaica de natureza escatológica —, que se move flutuando contra toda dominação. A vida, carne pulsante, contra a bomba de nêutrons: "a burguesia criou um universo onde todo o gesto tem que ser útil. [...] E o princípio da utilidade corrompe todos os setores da vida, nos fazendo crer que a própria vida tem que dar lucro.”

Uma ambivalência: a de que a massa — lembrança: a massa ainda não é uma classe — é, sempre, mistificada pelo fascismo. Fascismo que, nos dias de agora, está cada vez mais perto do que se sabe como democracia parlamentar. Walter Benjamin, em 1939, na Conferência de Pontigny em torno de Baudelaire, diz que "as multidões são moldadas pelas mãos dos ditadores". E se pergunta como é possível vislumbrar, nessas multidões submissas, pontos de resistência ou alguma faísca de insurreição revolucionária. Como tentar vencer o inimigo histórico? — Na *Tese 1*, **Sobre o conceito de história**, implica a associação paradoxal entre o *materialismo histórico* e a *teologia*. A alegoria irônica é um autômato, jogador de xadrez [o materialismo], que pode ganhar o jogo graças a um anão escondido dentro do aparelho [a teologia]. Benjamin traduziu o conto de Edgar A. Poe, *O jogador de xadrez de Maelzel*, que figura um autômato apresentado em Viena, por volta de 1769, entre os risonhos Wolfgang von Kempelen, o barão, e Johann Nepomuk Maelzel, o inventor. O que está em xeque é o futuro da humanidade ou, disse Leminski, "quem quer que a poesia sirva para alguma coisa não ama a poesia", e o futuro da poesia é algum prazer à vida humana, porque a poesia é "a única chance que o homem tem de vivenciar a experiência de um mundo da liberdade, além da necessidade."

Na boca da história não há a fome. Teologia remete a *Ein Gedanken* [rememoração] e *Erlögung* [redencão] — Marx diz que "os homem fazem sua própria história" —, Leminski imagina, sem teologia, recontar a história por dentro, sem comércio de espelhos, mas num *fidare* = fiar-se a, estado primitivo pelo qual, vá saber, vale a pena morrer. Dar fome à boca. Reconfigurando — com o GESTO revolto, rebelde e utópico do pensamento para o poema, com o poema — esse mundo estuprado e estraçalhado que, para Leminski, é *uma história mal contada* que tem a ver exatamente com a pobreza elementar do projeto de vida burguesa que os *realismos-naturalismos* mantêm deliberadamente e que, agora, mais do que nunca, já no século 21 — quando escrever é só FALAR, e não mais DIZER —, o tempo todo, em tudo, encontram-se revigorados no pacto público da mudez cretina entre escritores financiados pela mesma feira, a que não para de acontecer, e o mercado. São sempre os mesmos/ as mesmas, nos mesmos lugares, falando as mesmas coisas para si mesmos/as, autofagia e queixas contra a erudição: "há um ódio frenético contra a intelectualidade, um ódio que descobriu na contagem dos corpos a garantia da destruição dessa vida", anota Benjamin, e isto continua: contabilidade, pragmatismo, imediatismo etc. Leminski esbanja e esnoba erudição intelectual, formação de seminário — latim e grego —, mais 4 ou 5 línguas, leitor de tudo, teórico da liberdade absoluta, praticante de judô, desbravador da canção, instrumentista mediano mas compositor vigoroso, "a vida elevada até a paixão", palavra em carne e osso, *fome extrema* e *fêmea*, "a literatura está ligada à linguagem. A linguagem é ao mesmo tempo tranquilizadora e inquietante, uma contradição", "a linguagem só começa com o vazio", "a literatura, fundo de existência que não é nem ser nem nada em que a esperança de nada fazer é radicalmente suprimida", "o escritor é presa de uma força IMPESSOAL que não o deixa viver nem morrer" [muito Blanchot para tanto Leminski]. Se com Mishima imaginara um modo experimental de fazer implodir a experiência precária da pessoalidade, íntima e sem singularidade, numa luta contra o que a História gera, industrialmente, como "destino coletivo" — não há cristianismo sem capitalismo, não há capitalismo sem cristianismo —, o ponto passa a ser, com a selvageria de Leminski, estar à altura do GESTO — uma vida — que pergunta pela literatura como um modo de que esta pergunta esteja *sempre viva* [como a flor, conhecida pela resistência e pela capacidade de deixar sua cor ainda vibrando após a colheita; *heliotropismo*], ativa e respirando [mesmo que artificialmente, ficção científica, em balões de oxigênio].

O fato é, diz Pasolini, 3 de setembro, 1969, semanário **O Tempo**, *o medo de ser devorado*: "somos ainda determinados em nosso destino pelo medo de sermos devorados". Uma espécie de *tanatofobia*, ou seja, ânsia de autodestruição, o que se aplica à oscilação do significante: "o terror de ser devorado é — se levado ao ponto de uma identificação com um arquétipo histórico-biológico —, na realidade, precisamente, o desejo de ser devorado". E isto, claro, torna evidente a banalização e naturalização da humanidade em viver [viver?] no sistema de sobrevida diário imposto pela dimensão capitalista do trabalho, a opressão constante e instantânea dos que dominam sobre os dominados: o juízo definitivo de que trabalhar é bom. Para Pasolini, é o desespero, tal como é para Leminski, depois, a única reação possível às injustiças e vulgaridades do mundo do consumo, individualizado e sem codificação suficiente. Os modos subjetivos da irracionalidade linguística, da linguagem, operam novas formas de fascismo, e Pasolini elabora a sua *central elétrica* do exemplo: a realidade é infinitamente mais extensa do que o sistema de capital que jamais encobrirá toda a vida, mas, também, o sistema de capital é infinitamente mais extenso do que nós que, recheados de esperança até o progressivo engodo do *sucesso*, carregamos a ilusão de que podemos não só chegar ao limites do sistema, mas ultrapassá-lo.

— "O capitalismo deve ser visto como uma religião, isto é, o capitalismo está essencialmente a serviço da resolução das mesmas preocupações, aflições e inquietações que outrora as assim chamadas religiões quiseram oferecer resposta", "o capitalismo é uma religião puramente cultual, talvez até a mais extremada que já existiu. Nele, todas as coisas só adquirem significado na relação imediata com o culto; ele não possui nenhuma dogmática, nenhuma teologia", "o capitalismo presumivelmente é o primeiro caso de culto não expiatório, mas culpabilizador", "é o capital que rende juros para o inferno do inconsciente", "o capitalismo se desenvolveu como parasita do cristianismo", "o cristianismo não favoreceu o surgimento do capitalismo, mas se transformou no capitalismo", "além desses documentos [*as cédulas bancárias*], não há outro lugar em que o capitalismo se porte com tanta ingenuidade em sua santa seriedade", — Walter Benjamin, 1921/1928. Tradução de Nélio Schneider e Renato Ribeiro Pompeu.

Leminski recorre à figura de Jesus, *antes de Cristo*, para reelaborar o GESTO do corpo que grita silenciosamente, da escritura [língua e linguagem] até a moeda e seus usos [sistema de capital e imposição de formas de vida opressa]. A figura de Jesus é um signo que revém nas fotografias e poemas do enfermeiro Walt Whitman, no velho oeste da América do Norte, com sua homossexualidade dórica [os dóricos praticavam uma arquitetura sem base, sem colunas, à beira da queda], certa sobriedade, *quaker* [além e contra qualquer autoridade], a existência vinculada à espiritualidade como aventura, a luz interior até um pacto com as verdades do corpo — "tocar com a minha a pessoa de outrem / é o máximo a que posso resistir" —, o verso livre, a poesia liberta, a utopia de cada dia. Jesus, para Leminski, habita "uma floresta de mitos", mas é principalmente um *nabi*, logo, como todo *nabi*, um revolucionário, um subversor da ordem vigente e proponente de uma utopia; falante do aramaico, arrancado do deserto, beduíno, espada em punho, na Lídia, parte da Turquia, em meio ao surgimento da mitologia judaica, cristã e islâmica: compostas de monoteísmo patriarcal, moralismo de leis estritas e proselitismo expansionista, ou seja, de intransigência. Leminski relata que "a vida de um *nabi* não era muito segura", lembra que João Batista teve a cabeça cortada por Herodes [um presente para Salomé dançando lindamente libidinosa: a cabeça cortada é a *tabula rasa* da história] — "Homem assim não ia ter vida longa nem morrer na cama" e "não se brinca impunemente com os poderes deste mundo" —, Isaías [um de seus poetas favoritos] foi serrado ao meio, Jeremias foi exilado no Egito.

Jesus = Joshua ama os simples e, em nenhum momento dos evangelhos, aparece trabalhando — isso ressoa em Leminski a ideia de que Joshua era um poeta. As atividades da carpintaria, uma tradição, o ofício do pai, Yosef, para o filho, não são tema das escrituras. Joshua, diz Leminski, está sempre mais perto das atividades da pesca ou da agricultura. "Em nenhum momento planta, colhe, cozinha, serra, tece ou pesca", dedica-se aos exercícios da vida do espírito, "tudo o que faz é pregar". Leminski se apoia numa leitura do evangelho de Mateus que, sem coincidência, é também, para Pasolini, o mais interessante e revolucionário entre os 4 evangelhos. Tanto que o filme do poeta-cineasta italiano, de 1964 [mesmo ano do golpe militar no Brasil], é o **Evangelho segundo São Mateus**, apresentando um Jesus tragado pela impaciência e pela solidão, quase sempre o que sobra aos corajosos. A partir do que narra Mateus, Leminski anota que "o nome Cristo é grego: com certeza, Jesus, falante do aramaico, jamais ouviu essa palavra, que é, apenas, a tradução do vocábulo hebraico *meshiah*, o *ungido*, o *consagrado com óleo* [...]. Jesus (o cristianismo é a tradução de uma palavra aramaica para o grego". E Joshua pontuava os dias em suas caminhadas, sua pregação, através de parábolas, ou seja, em grego, "desvio do caminho", por isso, a primeira parte mais bonita desse poeta-beduíno, morto aos 33 anos, na cruz, um ladrão de corpos, e almas entre ladrões — que Leminski incorpora — é do quanto a parábola — unidade poética e ficcional — irradia e exibe sentidos espirituais para a liberdade da vida, com a vida, na vida, como está na parábola do semeador, exemplo evidente do quanto "Jesus, Joshua Bar-Yosef, pensa concreto". Por isso, a segunda parte mais bonita empenhada por Leminski é a ideia desse semeador que aparece na fala de Joshua enquanto ele está num barco, flutuando sobre as águas e dizendo da terra: "Água. Terra. Pescar. Semear. Jesus fala por elementaridades: numa palavra, *fala coisas*". Para Leminski, a parábola tem algo de epifania, como a queria James Joyce, cristão católico, leitor de Tomás de Aquino, e também algo do *zen*, porque revela e, ao mesmo tempo, oculta. Há nas falas de Jesus uma seriação de cifras, língua de poeta, subsentidos e desleituras.

Na parábola do cego que volta a ver e, ao levantar os olhos, diz: "vejo pessoas andando como árvores". Leminski parte do modo como se comunicavam os primeiros cristãos perseguidos, através do desenho de um peixe — em grego, *ikhtys* = peixe —, o que parece indicar, segundo ele, "a condição de pescadores dos primeiros apóstolos, discípulos diretos de Jesus". Duas conclusões oriundas desse polissigno críptico: 1] "Jesus se movia como um peixe na água" e 2] "Ninguém nunca soube direito o que Jesus queria dizer". E isto porque flexiona o corpo de Jesus à "ferocidade" de seu GESTO, "o jeito de fazer as coisas", que discrepa em larga desmedida "das adocicadas versões das igrejas que dele saíram e o administram". Há algo aí entre o poema e a oralidade — boca, fome, apetite, voz, mãos — que resvala depois, também, por causa de Walt Whitman, na poesia *Beat*, com a qual Leminski conviveu e traduziu [Allen Ginsberg, Lawrence Ferlinghetti, Gregory Corso, Diana Di Prima, Bob Dylan etc., e, o impressionante poeta-antrópologo Gary Snyder]: longos poemas que falam sem parar do apodrecimento de toda ideia de sonho, o desespero, a solidão / a multidão [**As lamentações**, de Jeremias, no Velho Testamento, já dizem tudo: "Como está solitária / a cidade populosa"; Baudelaire leu, Leminski também] e uma disposição política para o manifesto com o corpo, o tom do manifesto no corpo do poema. A maioria dos textos de Leminski — poemas, romances e, principalmente, ensaios e *biografemas* — assumem esse tom, que é, quase sempre, o de quem grita, berra. É a voz, em todo o pensamento selvagem de Leminski, que é A GRANDE dentro da gente.

— A emergência político-ecológica do pensamento e da poesia de Gary Snyder se implica em pontos de insurgência essenciais a partir de questões como: "o que a civilização ocidental industrial está fazendo com a Terra?" ou "A civilização não é, senão, um estágio inicial, um sistema imaturo de monocultura". A importância das coisas mora numa reaprendizagem, reaprender a ver com todo o corpo [e isto tem a ver com um *pensamento selvagem* e, mais ainda, com o que é um *pensamento selvagem* que vem de tudo o que Leminski projeta em seus textos], porque "a humanidade é uma praga" e "a verdadeira riqueza é não precisar de nada". Isto é uma tentativa radical para tocar um impossível da língua e da imaginação — selvagens — abissais, desordenadas, caóticas, ou seja, tudo o que o capitalismo narcótico e violentamente civilizatório não suporta. A vida entre a vagabundagem, uma poética da natureza e uma ecologia de profundidade para que se possa, de algum modo, fazer frente ao colapso pós-industrial que se anuncia a cada movimento bélico da lei e do dinheiro. Tomar o pessimismo, sem resignação fatalista, conservadora ou reacionária, mas como algo bravamente revolucionário, à postos para a emancipação das classes oprimidas, e isto se engendra como desconfiança à nossa condição *re-habitante* como é a proposta de Gary Snyder: quando ainda é o poema que diz a planta, a montanha, o animal, a criança, para que possamos viver num “lugar real”, “viver num tempo, num velho tempo”, mais perto do corpo, nosso espaço primitivo — .

"O papel é curto. / Viver é comprido. / Oculto ou ambíguo, / Tudo o que digo / tem ultrasentido / Se rio de mim, / me levem a sério. / Ironia estéril? / Vai nesse ínterim, / meu inframistério" — "Andar e pensar um pouco, / que só sei pensar andando. / Três passos, e minhas pernas / já estão pensando. / Aonde vão dar estes passos? / Acima, abaixo? / Além? Ou acaso / se desfazem ao mínimo vento / sem deixar nenhum traço? — e, ainda —, "você está tão longe / que às vezes penso / que nem existo / nem fale em amor / que amor é isto", poema ou poemas distribuídos em 3 páginas do livro **La vie en close**, publicado em 1991.

"Quanto custa Jesus?", se pergunta Leminski diante da "maior conquista abstrata da humanidade" para os exercícios de dominação: a moeda. A questão é, definitivamente, como equilibrar, nessa interrogação, uma diagnose acerca da figura daquele que domina. Leminski parte de outra figura, a da trindade "escravidão, dinheiro, alfabeto", que define "as sociedades da baía do Mediterrâneo, em seu *boom* comercial', até a expansão do Império Romano. E lembra que é Mateus, o publicano, um agente desse império, mais uma vez, quem convoca, em seu evangelho, a ideia de que a moeda, o dinheiro, uma "trans-coisa, poder em estado puro, só pode ser um objeto do diabo". O demônio, que o judaísmo primitivo não reconhece, advém da palavra aramaica *mammon* = "aquilo em que se confia, isto é, 'crédito', e por extensão 'riquezas, bens, dinheiro acumulado'." Depois, discorre sobre o caráter subversivo de Jesus que, por sua vez, estaria sempre ligado à moeda, e avança em torno da parábola sobre a lei de Roma e os tributos à César: a César, a Deus. O apontamento de Leminski é contrapor a "utopia místico-política do Reino de Deus, a *mlechah Adonai*, à estúpida realidade do império romano, criando-lhe um concorrente. [...] A comunidade, a *fratria*, dos seguidores de Jesus parece ter sido um esboço mínimo de organização financeira". E está escrito: Judas Iscariotes gerencia o dinheiro e por causa de 30 moedas, 30 dinheiros, trai Jesus. E se mata: uma revolução, diz Leminski, "não costuma primar pela gentileza, nem pelas boas maneiras."

A grande revolução provocada por Jesus, a invenção da alma, é, para Leminski, ao mesmo tempo, sua mais generosa utopia, sua imaginação mais subversiva, sua nostalgia mais radical. *Apokatastasis panton*, uma esperança para o impossível, a "restauração de todas as coisas", a "integral subversão de tudo"; *apocatástase*, uma boniteza, um tempo de liberdade, salvar demônios e almas perdidas, verbo encarnado, palavras, palavras, palavras, Gregório de Nissa = um astro recua para sua posição aparente, um retorno à saúde, uma restauração das forças do corpo, quando os seres regressam à condição original de ausência de culpa. Culpa = esta violência introduzida entre nós pelas tradições judaico-cristãs em busca de graça, de redenção divina. Para Leminski, Joshua, espada em punho, o beduíno e bárbaro que expulsa toda a feira montada com seus vendilhões *floreadores* da casa que estaria aberta apenas para a atenção — *quando a atenção é a atenção que se faz*, disse Simone Weil, católica e anarquista —, diz que a força política desse homem que pensa selvagem é a composição impensada de um *ultralimite*, que o que ele propõe é exatamente o impossível, uma utopia de carne e de sangue, um socialismo utópico. E afirma que Jesus é um "signo de leitura infinita" e "uma ideia". Cita, de um texto apócrifo, uma pequena conversa entre Maria, José e Jesus, depois que este volta de viagem e abraça sua mãe enquanto pergunta: "— Oi, mãe, tem pão? / José serrava umas tábuas, parou para abraçá-lo, continuou a serrar. / — Voltou para ser carpinteiro, filho? / Jesus sentou cansado. / — Não sei o que fazer da vida, pai. / — Viaja mais — José falou se coçando — um dia você acha o que fazer. / — É — suspirou — acho que vou andar mais por aí."

A QUE CONTA É A DA LUTA DE CLA

É POSSÍVEL SE COLETIVO

CLASSE PROLETÁRIA OU O QUE AO

URA ARCAICA DE NATUREZA ESCATOLÓ

→ É NESSA AMBIVALÊNCIA QUE

MASSAS PODEM SER MISTIFICAD

CONFERÊNCIA DE PONTIGNY, EM

AS MULTIDÕES SÃO MOLDADAS PELAS

A COMO É POSSÍVEL VISLUMBRAR

NTOS DE RESISTÊNCIA OU ALGUMA

30 até os dias atuais: Amazônia

J.T.

ão de uma aventura, de uma ideia

guia, logo numa revisão da históri

, que destaz o princípio e o prog

protegaria um mundo rural conserva

nal de família" ou para um "comérc

na qu ← **POESIA, PAIXÃO NA LINGUAGEM**

ligado à formação de Sol e Aço,

ar, viril (Praia do Futuro, Karim);

amurai, sujeito sexual absoluto):

5

Andar por aí, andar mais por aí, feito também Matsuo Bashô, o zen em escala mínima, fotógrafo da natureza antes da fotografia, ou Cruz e Sousa, o peregrino apaixonado sob a desgraça de seus violões chorosos. Importante reparar que interessava a Leminski, sempre, no que se pode ler de seu pensamento selvagemente escrito, quase gritado, algo que o vinculasse a um pensamento que caminha, que erra, que se abre num esforço para se deixar, minimamente, forte e muito atento com o que está acontecendo o tempo todo ao redor do poema, que é o seu próprio corpo em estado de desapropriação — "Vim pelo caminho difícil / a linha que nunca termina". Ou como sugere Gary Snyder: "caminhar, caminhar mais". Num mundo sem poetas, o que sobra é o teatro do Estado, uma aprendizagem que vem de Platão, cenas de uma vida sem imaginação. O filósofo estava muito perto dos deuses e dos mitos, e não sabia o que dizer da realidade pálida de cada ser humano, é o que escreve María Zambrano, caminhadora, exilada na Cidade do México, em Coyoacán, perto de Trótski, quando se movimenta entre a poesia e ética. Ela entende a palavra e seus usos no poema como uma deliberação das imagens e também um fato, uma ação fecunda e, principalmente, um exercício para a impessoalidade. Uma palavra atua viva e em duração a cada sentido e imagem que sugere para muito além da razão. Assim, o verdadeiro tirano para a cidade ideal só poderia ser o poeta. E Platão desenvolve essa condenação explícita porque a poesia é o que vem contra a justiça, porque vem antes contra a verdade. Num suplemento a essa afirmativa, María Zambrano diz que "a justiça não é senão o correlativo do ser na vida humana e no seu mundo correspondente". Lembra de Anaximandro, suposto discípulo de Tales: para ele, *o ser das coisas é a injustiça*. E para reparar essa injustiça é preciso que as coisas reintegrem-se de alguma maneira no *ápeiron* [o que não surgiu nunca, embora exista]. Se poeta, como o era Leminski, não há desejo de salvação, vive-se uma precária condenação — "a poesia é, realmente, o inferno. [...] o inferno (como aparece em Dante sob o desenho geométrico de Virgílio)", o *lugar onde não se espera*; e, sem esperança, sobra o desespero, esta força — e "a poesia é a única rebeldia perante a esperança da razão, o que faz do desespero a sua forma de ser, a sua existência."

No zen, se diz: "*meise mono ja nai*" — algo como se dissesse que isso ou aquilo não é para mostrar aos outros, quando a palavra é, ao mesmo tempo, algo primordial e futura, centrífuga, um negativo dela mesma: memória da terra e ilusão da forma. A palavra sem servidão, o poema: livre, vagabunda, a felicidade de uma memória de que nada pode ser *pago*, uma contrariedade ao capital religioso que pede lucro imediato, recompensa, dívida. A palavra como dádiva, o poema: insubmissa, flutuante, exposta, figurante. Franz Kafka: "a história dos homens é um instante entre os 2 passos de um caminhante". Leminski se acolhe em Takuboku Ishikawa, que tem um rio corrente no nome, k a w a, nascido em 1885, tuberculoso aos 27 anos, socialista entusiasmado, leitor de Baudelaire, Mallarmé e Verlaine: quando a palavra é vento, milagre, surpresa, telescópio antecipador de uma transparência da lua na água. Leminski, lendo Ishikawa leitor de Émile Zola, percebe também que a língua é selvagem, abissal, desordenada, caótica, e que a ideia centralizadora da civilização ocidental a quer ordenada, correta, precisa, uma ferramenta para alimentar os banquetes da classe dominante. As línguas, em suas selvagerias, carregam uma ecologia de profundidade impremeditável, reaberturas de mundo.

A literatura e suas línguas substituíveis inserem uma tarefa de leitura para um impasse: como ainda DIZER COM, ou seja, como dizer numa língua que escape à normatividade do normal. Amado Nervo, mexicano, no poema *Lugar común*, de **Elevación**, publicado em 1917, prenuncia o nó contra a máquina legitimadora e autonomista de um modelo de literatura que passa apenas a reiterar e reificar a natureza e estabelece o que deve ser lido e, pior, *como* deve ser lido. Uma única forma de ler a tudo como se esta forma, por sua vez, imposta, definisse uma predisposição à atualidade: estratégia e manutenção das coisas sem uma mínima brecha para deixar o centro vazio ou minimamente disponível. No final do poema, diz Amado Nervo: "Hablemos cual los dioses, / que siempre hablan lo mismo. / Oigamos las palavras / sagradas que dijeron los abuelos / al reír y al llorar, / al amar y al morir... / Mas al decir: "amor", "dolores", "muerte", / digámoslo en verdad, / con amor, con dolores y con muerte". A unidade das coisas do mundo, e da vida, nunca é completa, *há-de* ser sempre referida a UM OUTRO, um COM, algum DIZER COM [como propõe Emmanuel Lévinas].

Paulo Leminski reinventa motivos para desejar um desejo de sonho — estado primitivo da selvageria — naquilo que pensa dizer e naquilo que diz ao pensar; todos os empenhos para uma geografia imaterial na figuração do poeta com disposição pública, logo, uma geografia também imperfeita e incompleta do pensamento, uma inaparência. Nada se realiza na condição inespecífica e inoperosa do poeta diante da moeda insignificante do *atual*, ainda mais se, anódina, quando a atualidade de agora não atua nem promete porque já sucumbiu à monocultura do dinheiro: um modo de vida insuflável. Blanchot, carta de 6 de abril de 1981, para Vadim Kosovoi: "Recurso incompreensível da poesia. Vem-me à memória a reflexão provocadora que se lhe atribui: 'Não gosto da poesia em geral' ou 'não suporto versos'. Do mesmo modo, Georges Bataille anotou: *Ódio da poesia*. Mas é porque ela é insuportável, porque não a suportamos, afora toda aquiescência e toda admiração fácil, que ela nos chama até no silêncio que lhe pertence, que ela nos obriga a ouvir o inaudito ao qual é preciso responder como questão sempre esquivada". O pensamento selvagem de Paulo Leminski emerge e exige, o tempo inteiro, uma invenção imaginativa alucinada para tocar os pontos que se insurgem, diz ele, através dos "discursos reprimidos, das culturas oprimidas, do frenético dinamismo mitológico dos fodidos, sugados e pisados desse mundo."

POESIA BEAT É UMA VANGUARDA

LEMINSKI TOMA COMO VANGUARDA

PRESENÇA DOS USOS DE UMA OP

OS ENSAIOS DO LEMINSKI N

A DISPOSIÇÃO POLÍTICA] —

, BOCA, FOME ETC.) QUE LEMINS

ÍRCUNSTÂNCIA A QUE TOMARIA

E, COMO DESTINOS CRUZADOS,

A POESIA BEAT: PARADOXO

“Não há mais tempo. O tempo acabou.”

PAULO LEMINSKI

MANOEL RICARDO DE LIMA [1970, Parnaíba, PI] é professor na Escola de Letras e no PPGMS, UNIRIO. Publicou, entre outros, *O lado esquerdo* [Mórula/Cultura e Barbárie], *O figurante, o vagabundo — ensaios mínimos* [Mórula] e *A guerra da água* [7Letras]. Publicou, em 2002, um dos primeiros livros sobre Leminski no Brasil: *Entre percurso e vanguarda — a poesia de Paulo Leminski* [Annablume]. Pesquisador CNPq/PQ2.

leminski, pensador selvagem foi impresso pela gráfica JMV, com tipografia lygia e julien, em papel cartão supremo 300g/m² na capa e miolo em polén bold 90g/m², para a editora mórula em julho de 2025, ano em que se completam 85 anos do assassinato de Leon Trótski e do suicídio de Walter Benjamin: "o que pensar desses homens que podem dizer às vezes uma coisa, às vezes outra" e "o que mais me faz sofrer é a falta de clareza nas tomadas de posição daquelas figuras que se afirmam no campo da literatura". Completam-se também 15 anos da morte de Wilson Bueno: "escrever é uma tomada de posição, um cavar trincheiras frente ao ramerrame da cena literária."